ALEJANDRO SEQUERA PINTO

Querido yo

VAMOS A ESTAR BIEN

Autor:
Alejandro Sequera: @vespertine.95

Edición:
Andreina Perez
Alejandro Sequera

Diagramación:
Andreina Perez - @andreinaepa

Diseño gráfico:
Jess Urdaneta - @jessurdanet

Correctores gramaticales:
Deilimaris Palmar
Suhey Canosa
Romina Godoy
Melanie Bermúdez

Diseño de portada e ilustraciones:
Chriss Braund - @chrissbraund

Idioma: Español

ISBN-13: 979-8426420809

Querido yo,

VAMOS A ESTAR BIEN

ALEJANDRO SEQUERA PINTO

Para ellas,

A mi ***madre****,*
ese amor incondicional que, a pesar de la ausencia física, se mantiene presente todos los días de mi vida. Esa energía perpetua que me acompaña desde que despierto hasta que duermo.

A mi ***abuela****,*
la figura más cercana que tengo de mi madre, con su valentía ante esta vida me demuestra que podemos permanecer de pie a pesar de que, allá afuera, las cosas luzcan fatales.

« Para los que piensan o creen que nada en la vida es posible.

Para los que sienten que amar es perder el tiempo.

Para los que todavía creen que no tienen un propósito aquí.

Para los que yacen en la oscuridad a pesar de que la luz siempre se hace presente para ellos.

Para los que se tildan de perdedores sin aceptar que forman parte de lo bueno que tiene este plano.

Para los que se juzgan al mirarse al espejo sin, al menos, aceptar un cumplido de terceros.

Para los que sienten que no vale la pena intentarlo otra vez.

Para los que están vivos y muertos también ».

La vida es un constante aprendizaje, y *Querido yo* me enseñó que de alguna manera debemos hablarnos a nosotros mismos, felicitarnos por nuestros méritos, y darnos palmadas en la espalda cuando fallemos, decirnos a los ojos que todo va a estar bien y que la respuesta a tantos *por qué* está en camino.

Lo que me dejó al leer este libro, es que el amor propio es el amor principal, la raíz para poder amar a quienes nos acompañan en este camino. Para mi suerte, aprender de Alejandro es una bendición, un constante recordatorio de amarme a mí misma antes de amar a nadie más.

La vida no se trata de quién puede más o quién tiene más, sino de quien ama lo suficiente como para inspirarte a amar. Ámate tanto que las demás personas quieran seguir el ejemplo, y crecer en un mundo donde el amor propio es un valor que se inculca y no que se reprime.

Ámate como amas a los demás, entrégate a ti antes de entregarte a otros, enamórate de ti antes de enamorarte de alguien más; cuídate a ti misma antes de intentar cuidar a alguien más. El amor propio es la raíz para poder entregar y proveer amor a otros.

Que sea él quien te guíe en la vida y te enseñe, por sobre todas las cosas, a poner límites a quienes quieren abusar de tu amor y confianza.

- A.P. Aristeiguieta

Antes de continuar

Me gustaría que antes de continuar con esta nueva aventura, al finalizar y cerrar el libro, te prometas que seguirás adelante. No quiero que tengas miedo al después ni te apresures a experimentar en él, necesito que vayas con calma y comprendas cada página de este libro, quiero que cuando vuelvas a despertar puedas hacerlo con normalidad sin esperar nada, pero al mismo tiempo ir a conquistarlo todo.

Lo complicado de retornar al amor propio y confiar en nosotros otra vez, es no perder de vista todas las oportunidades que la vida nos otorga para intentarlo y creer en ellas, de permanecer fiel a lo que somos y no volver a caer en la mentira de que nuestra presencia aquí, no vale la pena.

Siempre fallarás cuando no tengas pasión por hacer las cosas, cuando necesites hacerlo bien y logres entenderlo, lo podrás alcanzar.

Cada vez que cometas un error y decidas volver a intentarlo, la vida te premiará.

todo es cuestión de que sepas observar

y agradecer por ello.

Aquellos que insisten demasiado,
tienen un largo camino por recorrer
y al final, siempre ganarán.

Aquellos que se conviertan en
prisioneros de sus propios miedos,
aquí en la tierra, crearán su infierno.

A VECES SOLO HAY QUE ENTENDER
QUE DE VEZ EN CUANDO
LAS COSAS TAMBIÉN SALEN MAL
PARA APRENDER.

- ALEJANDRO SEQUERA

VIAJEMOS HACIA EL CENTRO DE TU SER

Ahí donde guardas tus más íntimos secretos y sentimientos, el lugar donde no cualquiera tiene acceso y al que, en ocasiones, has dejado en el olvido. Ese centro donde el silencio y la tranquilidad forman parte de tus días cuando no quieres saber de nadie.

No quiero que tengas miedo, no quiero que olvides cómo se ama, y, sobre todo, no quiero que te olvides.

Nadie como tú tendrá la capacidad de amarte tanto, porque solo tú y nadie más que tú, puede hacerlo.

No lo olvides nunca.

QUERIDO YO,

NOS HEMOS REPETIDO
TANTAS VECES
EN EL ESPEJO
QUE LO LOGRAREMOS
Y FINALMENTE
YA COMIENZO A CREERLO.

Retornando a casa

Después de estar más de diez horas esperando mi próximo vuelo, estaba listo para retornar a casa. Por primera vez en mi vida había visto el amanecer desde un aeropuerto y la vida se sintió tan extraña que no supe cómo tomar eso, quizás fue un privilegio para reflexionar o solo una experiencia más de la que pronto a alguien le contaría.

Siempre me suceden cosas bastante extrañas, pero las he ido disfrutando como puedo y trato de no ver en eso la negativa de que el karma me está revolcando. A pesar de la incomodidad de estar dentro del aeropuerto por una escala de horas eternas, mi noche estuvo acompañada de una mujer que venía de Estados Unidos, tuvimos una plácida conversación y me sentí cómodo con su presencia.

Dejé de sentirme solo por un momento, me desconecté de mi teléfono, y los nervios por estar solo en un país que desconocía, se fueron.
—¿Puedo tomar asiento? —dijo la mujer amablemente.
—Por supuesto —respondí, con una sonrisa.
—La soledad transita a estas horas por el aeropuerto ¿no crees?
—Sí, ¿de dónde vienes? —pregunté.
—Estados Unidos, hago conexión aquí y mi último destino es Manaos, ¿y tú?
—Venezuela, voy a casa —respondí, sin más nada que decir.
—Es un lindo país, tuve la dicha de conocerlo cuando era joven, tengo hermosos recuerdos de allá.
—Sí, lo es. Siempre ha sido un país hermoso a pesar de las adversidades —le dije, mirando la hora en mi reloj.

Me sentía apenado porque no sabía cómo continuar la conversación, pero todo comenzó a fluir un par de minutos después y rápidamente se ganó mi confianza y yo, me gané la de ella.

Estaba triste y en duelo, su padre había fallecido y el motivo de su viaje era ir a despedirlo, también esperaba a su madre junto con su hermana, quienes por la mañana también harían conexión y seguirían juntas a Manaos.

—Lo lamento mucho, supongo que lo extraña demasiado —dije.
—Cada día de mi vida y ahora más, estoy devastada — respondió, secando sus lágrimas.
—En serio, lo lamento —respondí dirigiendo la mirada hacia el fondo del pasillo donde estábamos.
—A veces me gustaría comprender cómo funciona la vida, hablo de que ella misma nos prepare para este tipo de cosas y que no duelan tanto.
—Te entiendo completamente, este viaje debía ser especial para mí, pero hace menos de un mes mi madre también falleció y estoy aquí y ni siquiera sé por qué.
—Eres demasiado joven para quedarte sin tu madre — dijo, tomándome de la mano.
—Lo sé, me lo digo a cada rato, intento procesarlo, pero no puedo, por ahora no.

Intentaba entender cómo entre miles y millones de personas en el mundo, había coincidido con alguien que estaba atravesando el mismo duelo que yo y que, de alguna manera, nos entendíamos a la perfección.

—Uno de mis sueños siempre fue volar en avión y lo logré, casi no pude contárselo porque era más fuerte su dolor y lucha que la intención de oír mis historias —le dije, y sin poder evitarlo, mis ojos se aguaron.

—Lo entiendo, cariño —dijo, ofreciéndome su pañuelo—; yo quise tener conmigo a mi padre de vacaciones en mi casa, allá en Estados Unidos, pero no pude y se lo prometí.

En ese momento dejé de sentir pena por mí y comprendí el dolor de esa mujer que nunca había visto, ahí supe que siempre podemos hacer conexión con cualquier persona, y la posibilidad de mostrar apoyo y afecto, aparece de la nada. Y ahí estábamos ella y yo, con el corazón roto, con una historia en común y mil cosas por decir en medio de esa noche que nos envolvía en ese aeropuerto.

Las horas pasaron y sin darnos cuenta ya estaba por amanecer, los viajeros comenzaron a llegar, maletas rodando en todas direcciones y el silencio que habitó por unas horas en el aeropuerto cesó, habíamos decidido intentar tomar una pequeña siesta para descansar, recostados sobre el suelo y, como pudimos, nos quedamos dormidos.

Al despertar, me di cuenta de que ella seguía ahí, no se había ido a otro lugar, ahí estaba, mirando su teléfono y tecleando, supongo que conversaba con su familia.

—Buenos días —dije, levantándome del suelo y tomando asiento.
—Buenos días, dormiste más que yo —me respondió con una pequeña sonrisa.
—¿Sí? Me sentía muy cansado —respondí, bostezando.
—¿Te apetece un café? —me preguntó.
—No, gracias, qué pena —respondí.
—No pasa nada, cariño. Yo invito.
Fuimos por un café, el momento de despedirnos estaba

cerca, el sol comenzaba a salir y podía ver nuevamente todo, las montañas, los autos en la calle, el personal trabajando ahí afuera junto con los aviones y las personas con sus maletas listas para embarcar.

—¿A qué hora sale su vuelo? —pregunté.
—Dentro de poco, 08:30 am —me respondió.
—Ya casi nada —respondí.
—Sí, mi madre y mi hermana están aterrizando —me dijo, mientras bebía su café.
—Oh, al menos ya casi juntas.
—Sí, tengo dos años sin verlas y estoy emocionada, ¿tu vuelo a qué hora sale?
—El mío sale a las 11:30 am, pero luego me toca viajar por tierra una hora y media aproximadamente.
—Estarás todo el día viajando —dijo—; estuvo muy bonita la conversación de anoche, muchas gracias. No siempre uno se consigue a alguien tan compasivo como tú.
—Lo mismo digo, de verdad. Muchas gracias también y por el café, está delicioso.
—Disfrútalo.

La hora de despedirnos llegó, su madre y su hermana habían llegado. Con un fuerte abrazo nos despedimos y nos deseamos lo mejor de esta vida. Sabíamos que nunca más nos volveríamos a ver, ya lo habíamos conversado. Me platicó que si llegase a tener la oportunidad de regresar a Venezuela lo haría, yo le di otro fuerte abrazo y al soltarla miré cómo se dirigía hacia su familia.

Un par de minutos después las miré alejarse, les tocaba otra puerta de embarque. Las perdí de vista entre la multitud y otra vez, estaba yo solo, pero pensando diferente sobre las cosas que pasan de casualidad. Todo lo que está destinado a nosotros nos encuentra y ahora lo creo mucho más, porque esa probabilidad que tuvimos fue demasiada exacta para no decir perfecta que hasta la piel se me erizó.

Mi vuelo finalmente llegó y como siempre suceden cosas bastante extrañas cuando viajo, el sol se escondió entre las nubes y, de repente, comenzó a llover con una intensidad que no logré entender. Así despegó el vuelo, estaba nervioso, había turbulencia y el capitán nos pedía mantener la calma, pero lo más hermoso estaría por llegar y era poder visualizar la grandeza a través de una ventana y cómo esa situación me estaba transformando para ser mejor cada día.

Quizás nunca lograré tener todas las respuestas, o las soluciones para los momentos de caos, tal vez todo se irá a la mierda cuando yo crea que nada está pasando, pero ahora puedo ver y comprender que nadie aquí está viviendo con tanta prisa como pensé. Que todo lo que tenemos ya era nuestro y lo que pasa inevitablemente pasará, así como cuando las pequeñas piedras son arrastradas por el río y llegan muy lejos, lo mismo pasa con nosotros, aunque duela demasiado, aunque por dentro queme, aunque nos vuelva locos, al final la calma aparece y renacemos.

Llegué a casa, muerto de sueño, con los pies dolidos y con mucha hambre. Me sentía a salvo a pesar de que mi nueva realidad volvía a golpearme, pero no me desvanecí, supe procesarlo, supe darme esa oportunidad de mirarme al espejo y decirme: estaremos bien, mamá se fue de este plano, pero está aquí, está contigo y su dolor iba más allá de mantenerse aquí sufriendo.

Esa noche me quedé dormido pensando en todo lo que viví de retorno a casa, pensé que había sido mi madre quien me envió esa mujer para que calmara mi ansiedad y tristeza, ahora lo pienso así mucho tiempo después y quiero mantener eso presente todos los días que me queden por aquí.

Querido yo:

Presta atención a todo lo que pasa, a los pequeños mensajes que te envía la vida, cuando necesitamos reconciliarnos y no sabemos cómo, la vida conspira, el universo conspira, tu mascota también lo hace para ayudarte a ti, así como pasó conmigo, a sanar.

Siempre vamos a tener despedidas es inevitable, pero mientras sigamos despertando, seremos imparables.

- Alejandro Sequera

Cuestión de tiempo

Sería cuestión de tiempo que todo esto se ordene,
y si sales de mi vida lo entendería.

Sería cuestión de tiempo que todo
lo que no entiendo deje de perseguirme
o esto, que me carcome por dentro, olvidarlo.

Quizás lo que sucede es que todo
me lo tomo a pecho
y cuando he conseguido
la calma, mi alma se enciende
nuevamente, y sin querer, la calcino.

Así que, sería cuestión de tiempo que yo,
definitivamente, tome el control de mis emociones
y no tomarle la mano a cualquiera que me sonría.

Manía de mi ser

Admito que he tenido miedo de mí,
de las cosas que pienso cuando todo me sale mal,
cuando creo que nada tiene sentido,
cuando miro hacia los lados y he perdido mi camino.

Admito que la terquedad me ha costado
unos cuantos amores, querer tener siempre la razón
ha causado que pierda el control de mis acciones
y lastimo a quien no lo merece.

No quiero culparme,
no quiero ser tan cruel conmigo,
pero la manía de alimentar mi ego ha ocasionado
que muchos se vayan de mi vida sin previo aviso.

No es fácil aceptar que podemos ser
el error o el villano de la historia,
pero querer cambiar nuestra forma de ser
nunca es tarde cuando lo tomamos en serio.

Y te juro, nunca me había sentido así, tan solitario en esta vida los domingos por la madrugada, vivo preguntándome por qué estoy atravesando todo esto, por qué siento que todos me han soltado y nadie logra encontrarme, por qué despierto los lunes por la mañana sintiendo que vivo atrapado en un bucle del tiempo.

Quisiera entender por qué a veces el destino es tan cruel que ni siquiera vale la pena dar otro paso o por qué para algunos todo es más fácil, mientras que para otros, los obstáculos nunca dejan de aparecer en el camino. Créeme, hay muchas cosas en la vida que nunca podré entender.

Me gustaría entenderlo todo y quedarme tranquilo, no indagaría más, a nadie le preguntaría y a Dios no lo molestaría con mis necedades. Ojalá todo fuera como en los cuentos de hadas, donde los colores tienen vida propia y el «para siempre perfecto» se presenta en el momento más difícil.

Miedo a intentarlo

Yo también he tenido miedo de volverlo a intentar, han sido tantas veces las caídas que temo por mi estabilidad. Yo también he sentido que las oportunidades carecen de mucho; intentarlo toma su tiempo, pararse de la cama toma su tiempo, dar el primer paso toma su tiempo.

No sé cuántas veces me he tenido que levantar de la mía, abrir la puerta de mi habitación e irme contra todo, apostar por lo que siempre quiero y confiar que todo está bien, aunque sienta mis pies quemándose.

El miedo forma parte de mí, de cada pensamiento y cada vibración de mi cuerpo. Podría decir que el miedo también me representa, que por culpa de él me he perdido tantas veces que intentarlo no lo veo como una oportunidad sino como un pasatiempo para salir del paso.

Miedo a intentarlo, miedo a fallar otra vez, miedo a creer demasiado, miedo a crear nuevas expectativas, miedo a expresar lo que siento. Miedo a todo, miedo a la vida, a la soledad, miedo a las emociones, miedo a creer que después de esto viene lo mejor de la vida.

Y quizás sí,
lo mejor de la vida está a un paso,
el problema emerge cuando
el miedo te domina a ti y no tú a él.
Pero te lo juro, yo podré con él.

Sueños quebrados

Un par de veces he tenido que soltar varios sueños,
un par de excusas me han apartado del camino
y yo no hice nada para cambiar eso.

La inseguridad me soplaba tan cerca
que decidía por mí, y yo por pensar
en el qué dirán, he mirado irse todo aquello
que alguna vez me hizo feliz.

Qué tontos somos cuando nos dejamos llevar por
lo que otros dicen y no seguir nuestro propio instinto.

Cuántas oportunidades perdidas
por pensar que no podríamos,
solo por creer que no seríamos
capaces de alcanzarlo.

Tal vez la vida en algún momento
me devuelva el favor,
yo tomaría ese boleto, de verdad.

Y si realmente pasa, sabré disfrutarlo, cuidarlo
y, sobre todo, sabré hacerlo bien.

Abriendo puertas

Me cansé de esperar,
me cansé del encierro,
me cansé de creer en cualquiera,
me cansé de estar en la oscuridad,
me cansé de fundirme con mis miedos.

Me cansé de lastimarme a mí mismo
con pensamientos tontos,
me cansé de sentirme insuficiente,
me cansé de cuestionarme tanto,
me cansé de huir,
me cansé de llorar.

Me cansé de alejar a todos de mí,
me cansé de permanecer en la nada,
me cansé de estar perdido,
me cansé de lo que no soy.

Abro la puerta y miro la luz otra vez,
me dejo llevar por lo que realmente quiero,
le hago caso a mi intuición
y dejo de temer a equivocarme,
estoy aprendiendo, sé que voy a lograrlo.

YA NO QUIERO SENTIRME ASÍ,
VACÍO SIN RAZÓN ALGUNA,
YA NO QUIERO SENTIR QUE
NADA VALE LA PENA.

YA NO QUIERO SER ESA
PERSONA A LA QUE TODO
LE TEME, ESA PERSONA
QUE NO DEJA DE PENSAR
EN LAS CONSECUENCIAS.

Odio hablar de las despedidas

Hay despedidas que duelen más que otras, algunas se quedan en el recuerdo y otras nos otorgan libertad. Pero en mi caso, todas las que he vivido las recuerdo en mi presente. Me ayudan a no olvidar de dónde vengo, a quién amé y a quién no puedo olvidar a pesar de que hoy ya no están.

El tiempo es buen amigo si sabes tomarlo de la mano, si comprendes junto a él todos esos procesos que atravesamos y son necesarios. Me tocó decir adiós de forma brusca, de una manera que no quería y no esperaba porque cuando más a gusto estuve, todo cambió.

Con cada despedida dejamos de ser los mismos, se llevan con ellos pedazos nuestros, a veces vagan por ahí porque incluso si saben cuidarte en el pensamiento, si te mantienen en un lugar especial dentro de ellos, podemos permanecer.

«Aquella vez no te abracé como quise, pero qué iba a saber yo que esa vez sería la última. Qué iba a saber yo que para mantenerte conmigo tendría que recurrir a mis pensamientos, a los buenos recuerdos que me dejaste, incluso aquellos donde nos convertimos en un caos por tonterías. Hoy te miro así, cerrando mis ojos e imaginando que todavía somos, que todavía mis palabras te mantienen cerca de mí a pesar de que hoy yaces en la grandeza y la infinidad de este universo».

Te recuerdo así, de manera ligera para que no duela tanto. Te recuerdo sonriendo porque basta de tanto llorar, te recuerdo con dulzura porque los tiempos amargos han terminado, el dolor finalmente cesó. Que te hayas ido fue un favor que la vida te regaló, pero para mí fue un desastre del que aprendí a vivir sin ti. A recodarte en paz, a recodarte con amor.

Un día más para comprender lo que pasa:

Quiero mantener la calma ante lo que viene, quiero creer que todo lo malo que ya he atravesado me enseñó a ser fuerte, quiero comprender lo que pasa y no sentir que la vida me está castigando. No quiero acorralarme ni huir de nada ni de nadie.

Si despierto es porque el universo me otorgó otra oportunidad para seguir aquí, porque la vida todavía me necesita de este lado y no del otro, quiero comprender que cuando caigo es porque he olvidado cómo andar y necesito recordar que no todo el tiempo las cosas van a salirme bien.

Aguacero de la vida, caos desmedido, noche de insomnio donde me siento preso, desnudo mi alma ante la grandeza del universo y pido perdón por quejarme tanto de lo que soy, de lo que tengo y por la ambición de quererlo todo cuando estoy a gusto entre mis sábanas.

Un día más para comprender que no puedo ser tan egoísta y que debo dejarle al destino todo, que yo no puedo andar atropellando a los demás para llegar primero a la meta… cada quien lleva su ritmo, cada quien tiene su final y yo ahí no tengo que interferir.

UN DÍA MÁS PARA COMPRENDER
QUE TODO LO QUE PASA
FORMA PARTE DE SER.

A los que llegan y se quedan.

A los que llegan y quieren quedarse.

A los que miran las oportunidades
y las aprovechan.

A los que creen en las posibilidades,
a los que hacen del odio amor
y perdonan cada error.

A los que miran el pasado como una lección
y no van por ahí juzgando
y lastimando a otros para alimentar su ego.

A los que están dispuestos a intentarlo
porque saben que pueden hacerlo mejor.

A los que saben que son mucho más
que aquello que los destruyó.

A los que miran una luz al final del camino
y no miran atrás.

A los que toman la mano de aquel que la ofrece
y olvidan el rencor.

A los que suspiran, mantienen la calma
y descansan.

A los que han hecho de su propia historia
una verdadera aventura y siguen.
A los que convierten cada caída en un escalón
que los eleve a la cima.

A ellos, yo sé que la vida los va a premiar
y yo digo que la vida me premió contigo,
al coincidir de manera breve,
pero quisimos permanecer.

Vamos tomados de las manos.

A ti, que te has quedado,
que me has convertido en tu refugio
y eso me gusta.

A ti que has mirado en mí
cientos de oportunidades que ni yo sabía,
encontraste todo un universo
y sigues presente a pesar de mis tormentas,
a pesar de que a veces pareciera que te suelto
y no es así.

GRACIAS POR EXISTIR,
GRACIAS POR APARECER EN MI
CAMINO, POR DECIDIR ANDAR
CONMIGO, POR ABRAZARME
CUANDO MÁS LO NECESITO,
POR SECAR MIS LÁGRIMAS
CUANDO NADIE SE HA ATREVIDO.

Jardín de mariposas

Creo en todo lo que hago y todo lo que pasa, creo en cada instante que la vida me regala, creo en cada oportunidad que aparece frente a mí y la tomo. Creo en el ahora que pasa porque, afortunadamente, lo estoy viviendo. Vivir enfocados en resolver errores del pasado nos mantiene distraídos, querer siempre tener la razón y no aceptar que podemos equivocarnos nos convierte en tontos con sed de poder.

Dejar que todo fluya es un favor que te otorgas cuando decides ir con calma, ir con demasiada prisa para mí ya no tiene ningún sentido, no sabes de cuánto me perdí por eso y reconozco que, anteriormente, sentía mucho miedo porque creía que mi vida no tenía sentido y que yo por más que caminara no iba a ningún lado.

Cuando reconoces que la perfección no existe y te das el chance de conocer lo que eres tú en esta vida, comienzas a mirar de verdad todo lo que te rodea, todo lo que siempre estuvo ahí y comienza a disfrutarlo. Hablar de amor es también hablar de la vida, es tomar el control de tus sueños y trabajar por ellos, no lo pienses tanto y da ese paso tan necesario que cambiará tu vida.

Comienza a buscar el sentido de tu vida, explora el universo que yace en ti y reconoce que eres tan increíble como esas personas que admiras, esas personas que ves inalcanzables, esas personas que miras como estrellas. Tú también lo eres, solo debes sentirte como una.

Cosas que pienso cuando no puedo dormir

No sé tú, pero yo, cuando no puedo dormir, me miro en ese futuro no tan lejano, sonriendo y agradeciendo por todo lo que tengo y he logrado, pero si te digo la verdad, me da un poco de miedo pensar que en cualquier momento podría dar mi último respiro en esta tierra.

Hay que creerlo para crearlo y yo confío en mí más que en nadie, creo en mi instinto y en esas ganas eufóricas de arriesgarme siempre. La ansiedad a veces gana cuando no puedo dormir, cuando la noche la siento eterna y mis almohadas se tornan incómodas.

Soy impaciente, pero el tiempo me ha enseñado sobre la paciencia y he logrado hacer las paces con ella, aunque a veces olvido lo que he aprendido, sé que puedo retomarlo otra vez y quiero que tú lo hagas también.

Cielito de Octubre

Nuestro amor se transformó
en un nuevo mapa para reencontrarnos.
No sé dónde será y tampoco cuándo,
pero tengo la certeza de que, mientras te
siga recordando de la forma en que lo hago,
nunca te irás de mi lado.

Ahora creo que no te he perdido,
sino que ese viaje al que te has ido,
te está enseñando algo que yo todavía no sé.

Volverán los abrazos, yo lo sé.
Volverán las sonrisas, estoy seguro.
Volveremos a encontrarnos, quizás
en la eternidad, pero por ahora
solo estoy esperando el boleto
que me lleve de regreso a ti.

Mamá, te echo de menos...

Sé que te has marchado y no volverás,
pero no puedo evitar que la melancolía
me abrace cuando menos la espero.

Quizás si devuelvo el tiempo podría abrazarte más,
quizás si te digo todo lo que nunca pude decirte,
la vida nos obsequiaría un minuto extra para salvar
lo que fuimos.

Pero te fuiste y no he logrado dar contigo,
quizás porque ya no volveremos a coincidir
y yo, no lo he querido aceptar.

Querido yo:

La realidad de este momento y estando aquí, es que lo estamos haciendo bien. De alguna manera el universo nos sigue bendiciendo, necesito que comiences a olvidar, pero hazlo de verdad.

Comprendo si te aterra pensar en tu futuro, a todos nos pasa.

Por ahora, solo quiero pedirte una cosa, no te abandones, no te reproches y tampoco vuelvas a permitir que el odio invada la nobleza de tu corazón.

Vienen mejores días, aunque ya lo hayas leído en algún papel, o un amigo te lo haya dicho, ahora soy quien te lo dice y lo hago para que lo creas y para que el día de mañana, cuando vuelvas a sonreír, recuerdes que en tus peores momentos, estuve yo.

- Alejandro Sequera

Laberintos cruzados

Reconozco que la he cagado muchas veces,
que, por ego, no puedo reconocer mis errores.

Quizás por eso me perdí ese verdadero abrazo
en el que me iba a sentir cuidado.

Entre equivocaciones y lamentos gran parte de mi vida
se ha reducido a extrañar aquello que fue mío y no
valoré.

Todo se desplomó, mi mundo se desmoronó sin avisar,
me la he pasado cruzando cientos de caminos
y laberintos buscando verdades
y algún espacio sereno donde descansar.

Quizás por eso a veces despierto cansado hasta de mí,
por buscarlo todo y no descansar.

A veces pienso que todavía no sé soltar como debería,
sigo aprendiendo de mis errores e intento ser compasivo
conmigo.

A pasos lentos y sin tanta prisa,
he comenzado a aceptar que no
puedo pasar el resto de mi vida buscando
quien me salve.

Cara a cara

La apatía nos cubrió y creímos tener la solución, decíamos que el amor nos iba a salvar, pero quien se asustó fuiste tú, te dije que la paciencia nos enseñaría lo que no entendíamos y que no era ningún error nuestra coincidencia.

Tal vez prometí demasiadas cosas mirándote a la cara, cuando por amor y la embriaguez de mi alma creí haberlo encontrado todo, pues así lo sentí.

Me he mirado tantas veces al espejo que mi rostro ha perdido sentido.

Me he preguntado qué hice mal contigo, qué fue lo que dije que te alejó, qué causó que de repente ya no quisieras verme a los ojos, y encontraras refugio en otro lugar.

Me entregué a ti por completo, te di tanto que no me asustaba la idea de tomarte de la mano algún día. Ojalá me hubieses mostrado un camino diferente al tuyo para yo también hacer de las mías y soltarte apenas abrieras la puerta.

Pero no te voy a culpar, por algo será.
No eres la pieza que me falta, o la razón que me enseñe a continuar cuando ya no quiera. No eres esa persona que yo quiero que esté cuando me sienta solo.

Solo te faltó decirme, cara a cara, que no íbamos en serio. Fallaste tú al callarte y fallé yo al hablar de más.

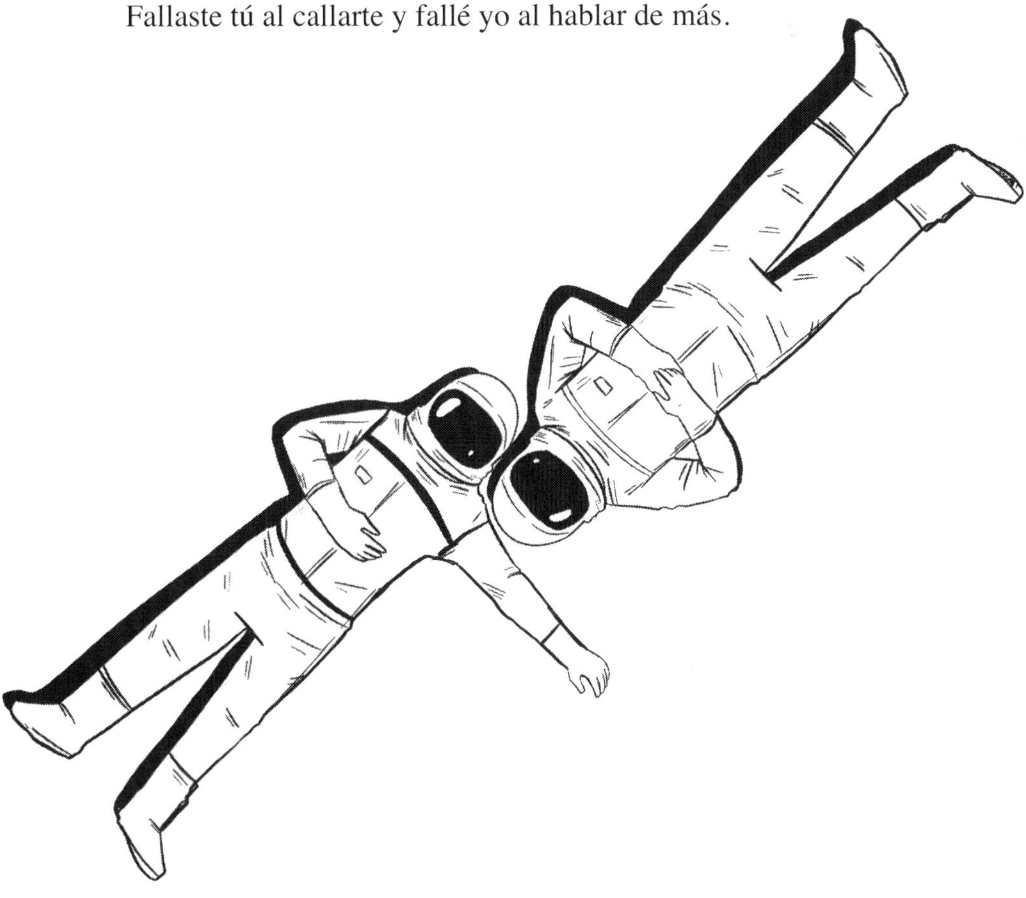

ME PIDO PERDÓN POR
CREER EN TUS MENTIRAS,
POR INVENTAR UNA HISTORIA
CONTIGO Y POR CREER QUE
SIEMPRE ESTARÍAS
AHÍ PARA MÍ.

El café se enfría

Si supieras que a veces mi café, mientras espera por mí, se enfría. Es una situación que se sale de control porque vivo distrayéndome con cualquier tontería. Hay momentos en los que quisiera poder enfocarme en verdad y olvidar un rato aquellas cosas superficiales que no me llevan a ningún lado.

Temo que mi tiempo se acabe antes de lo pensado, temo que todo se interrumpa de repente, a veces creo que todavía no he entendido de qué se trata la vida porque olvido disfrutar de un café caliente y a cambio de eso, me quedo pensando en banalidades que me lastiman.

3:34 A.M.

Tengo presente cada deseo, cada sueño, cada meta que quiero alcanzar, pero no te voy a negar que a veces, el miedo me sigue frenando. No quiero llegar al punto de pedirle a alguien que por favor me empuje para ver si así logro iniciar.

¿Estoy loco o acabo de escuchar los pájaros cantar? Acaso, ¿podría ser yo como ellos? Levantarme temprano, iniciar con mis rutinas y sentirme cómodo, sin pensar que es una pérdida de tiempo o que ese pequeño esfuerzo es una tontería.

¿Cuántos cafés se enfriaron esperando por ese alguien que nunca llegó?

¿Cuántas citas se quedaron en el olvido porque al final todo cambió?

Cuántas veces repetimos lo mismo queriendo mejorar, pero por ignorantes, seguimos fallando. A menudo me pasa que, cuando creo tener la razón, la realidad me pellizca y sí, es verdad que justo en ese momento despierto, pero cuando no lo hago, duele más la caída que aquel café que se me enfrió semanas atrás.

Noche de locuras

Esas noches donde el sentido de la vida se reduce a estar en compañía de alguien que nunca pensaste conocer; disfrutar esa velada sin mirar el reloj o cuestionar ese pequeño instante. Compartir momentos e historias que a nadie le has contado y estar a gusto porque sí, porque lo mereces, porque has estado mucho tiempo ocultando quien eres y alguien, finalmente, te ha encontrado.

Pero algo pasa, siempre pasa algo y uno comienza a dudar demasiado de los bellos momentos que la vida nos regala, no sabemos si será un favor que debemos pagar o podríamos dejarnos llevar por las noches de locuras que vendrán después.

La complicidad no brotó de la nada,
fue un choque entre dos mundos o dos personas
que mientras intentaban encontrar su camino,
coincidieron para existir,
para quererse y no querer soltarse,
para disfrutar cada día,
cada tarde y cada noche acompañados.

Esas noches de locura donde la vida recupera cada
sentido y con una buena compañía,
ya no nos interesa mirar al pasado.

Por favor, no me busques

Esa manera de querer llamar mi atención para mirarte, aunque sea de reojo, ya no lo logras. Esa manía de recordarme siempre el pasado creyendo que, con eso, iré hasta tu casa a pedirte que, por favor, nos demos otra oportunidad, es una completa tontería. Nos soltamos cuando era el momento de hacerlo, aunque me costó aceptar que los cambios bruscos también son buenos.

Que sí,
que te quise demasiado
y olvidé cuantas veces te busqué.

Que sí, te escribí por varias noches
con la intención de darnos otra oportunidad.

Que sí, me imaginé a tu lado no solo en esta vida,
sino en todas las que falten.

Pero por favor, ya no me busques,
se me agotaron las razones para creer
que contigo podría haber otra historia.

Te fuiste porque querías encontrarte contigo mismo,
pero el amor también tiene fecha de caducidad
y sé que eso jamás lo olvidarás.

Debes madurar.

Sueños inesperados

Quisiera saber si todo lo que sueño por las noches son mensajes o solo pesadillas, me gustaría poder entender a dónde voy cuando estoy durmiendo y si todo lo que pasa conmigo en ese momento, es real.

Ya no tengo miedo a los desvelos y tampoco a estar a solas mientras la mayoría duerme. Se volvió costumbre y un estilo de vida que me gusta. Me gustaría encontrar personas que al igual que yo, se sienten algo inquietos cuando por las madrugadas se despiertan de la nada. Algunos podrían decir que se trata de alguna actividad paranormal, otros podrían solo decir que es una casualidad.

Creo que los sueños son una manera de escapar de la realidad, es como si te vas de viaje de forma breve y retornas, a veces creo que es un recordatorio de vidas pasadas porque en ellos veo personas que hasta ahora no recuerdo.

La última vez que soñé algo extraño fue hace dos noches: me encontraba en medio de un pozo de agua rodeado de montañas, había mucho silencio. El agua era tan azul que me sentía un poco confundido, de la nada alguien apareció y pude sentirme tranquilo, me tomó de las manos y me subió a su pequeño barco.

Seguía sin entender qué hacía yo ahí, por qué estaba en el agua y dónde estaban los demás, no hablaba, esta persona que me rescató no hablaba.
Tierra y agua, elementos que forman parte del todo, decidí

quedarme con la sensación de tranquilidad que sentía, pero ganó la confusión y es porque, cuando sueño de forma inesperada, siempre busco encontrarle un poco de sentido.

Espero que tú me ayudes a encontrarlo.

Pesadillas

Todavía tengo presente la sensación de ese miedo que se burló de mí incontables veces.

Todavía permanecen en algún lugar de mi ser, esos gritos que a nadie le entregué.

Cada noche sigo sintiendo el frío de tu ausencia y desde tu último latido, he sentido que los días son solo días.

Por varias noches me pregunté si valía la pena quedarme dormido, yo solo quería escapar por un momento de esa triste realidad.

La vida nos estaba diciendo que la despedida estaba cerca, pero yo no lo quería aceptar.

Lo siento, soy demasiado terco con las personas que amo.

Se trataba de ti, tus escasos latidos y tu debilidad comenzaron a derrumbarme y como la llama de una vela casi gastada, así te comenzaste a ir.

Me daba miedo despertar, mis propios latidos descontrolados me llenaban de temor, hasta que el miedo más grande que no quería conocer, llegó.

Te fuiste y yo sin poder hacer más que guardar silencio y ver que te habías ido.

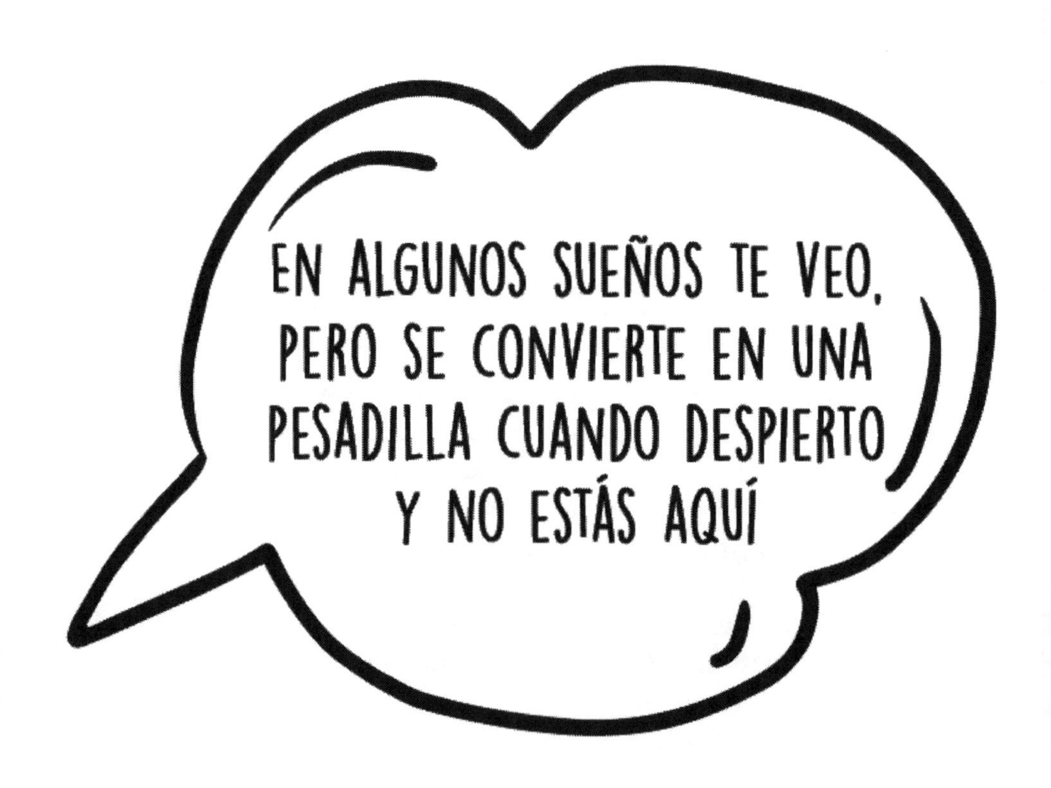
EN ALGUNOS SUEÑOS TE VEO,
PERO SE CONVIERTE EN UNA
PESADILLA CUANDO DESPIERTO
Y NO ESTÁS AQUÍ

A través de la alborada (1)

Me gusta la belleza de los amaneceres porque con ellos alcanzo nuevas oportunidades. El tiempo seguirá su curso y mientras siga despertando de este lado, me sentiré agradecido. Trabajo para dejar las quejas a un lado y salir a perseguir todo lo que quiero sin hacerle daño a nadie.

Reconozco que en ocasiones me siento triste por todos aquellos que siguen atrapados en esa coraza que formaron tras los malos ratos vividos, aquellos que olvidaron el propósito de vivir y siguen creyendo que esto es un castigo. Le damos demasiado espacio a los problemas y pensamientos extraños que aparecen como intrusos queriendo estropearlo todo.

Cuando me siento cansado de todo porque yo también me agoto, me tomo la libertad de tomarme un descanso. Y eso es lo que quiero que hagas tú cuando nada esté fluyendo como quieres. Cuando sientas que el agotamiento se hace presente, descansa.

No pasará nada si te vas a la cama temprano, tu alma necesita drenar las emociones de lo que has vivido y es una linda manera para curar todo eso que late por dentro.

Te quiero decir que la realidad de lo que somos sigo sin entenderla, pero sigo tratando de enlazarte con algo que te permita volver a creer en ti y en las oportunidades que ya son tuyas, pero que irán llegando espontáneamente. No quiero llenarte de «peros» ni de fantasías raras para que pienses que escaparás de tus responsabilidades, esto no es así.

Cuando escuches los pájaros cantar por las mañanas, o el aroma del inicio del día, cuando sientas ese frío delicioso del amanecer, te darás cuenta de que sigues teniendo motivos para levantarte de tu cama. Qué bonito sería verte así, con esa ilusión en tus ojos queriendo comerte el mundo y rompiendo cada barrera que tus miedos se han encargado de dibujar.

Podemos empezar desde ya:

Yo creo en ti.

Ahora cree tú en ti, quizás esa sea la parte más difícil, pero deberás intentarlo.

En la primera luz del día, a través del alba, estarás tú para comenzar otra vez.

SÉ QUE ALGÚN DÍA NOS VOLVEREMOS —A VER—

Mantén la calma,
lo vas a lograr.

Y si no lo crees así, respira una vez más, toma un descanso, no estaría mal.

Hoy no quiero rescindir de mis anhelos, ni quiero mirar como opción, abandonar un último intento.

Hoy no quiero desistir ni quitarme mis zapatos, no quiero permanecer todo el día en la cama y que el tiempo pase sobre mí.

Hoy más que nunca, quiero decirte que lo lograremos.

RESPIRA...
TODO VA
A ESTAR BIEN.

Déjate llevar

Es momento de que te dejes llevar por la tranquilidad y seas paciente contigo, comprendo si necesitas tiempo para ordenar el desastre que dejaron aquellos que prometieron quererte siempre, pero se fueron.

Todo estará bien, está por amanecer, por ahí dicen que las tormentas de la vida no son eternas, que todo lo malo se va y aprendemos de ello. Quizás lo que pasó contigo es que, por tu forma de ser y querer, creaste una fantasía sobre esa realidad que no te estaba gustando.

Aunque todo se oscurezca de repente, aunque pienses que ya no hay razones para sonreír, aunque te digas miles de veces que no quieres amar otra vez, te aseguro que pronto pensarás de forma diferente.

A todos nos pasa que, cuando nos lastiman, no queremos saber más de esta vida.

YA PASARÁ, ESTARÁS BIEN.

PUEDES DESCANSAR.

No más, lo haré a mi manera

A veces la monotonía sigue ganando terreno, sé que intentar cambiar las cosas y hacerlo a mi manera, podría lastimarme.

A veces quisiera escapar sin llevarme nada más que todos mis sueños en una maleta y comenzar una nueva vida donde todo lo que esté frente a mí, sea diferente. Me he cansado de esta vida mundana y de la incertidumbre que no me ha permitido llegar a donde quiero.

Si vuelvo a fallar no dejaré de intentarlo, tal vez en otro tiempo y con otras personas las cosas podrían tomar otro rumbo, por ahora dejaré todo como está, miraré por mi ventana y dejaré de pedir.

Comprendo que, si el universo no me está escuchando, por algo será y eso lo podré entender.

ESTÁS A CASI NADA,
DE ABRIR LA SIGUIENTE PUERTA,
Y QUIZÁS ESA ES LA QUE TIENE
PARA TI, TODAS LAS OPORTUNIDADES
QUE TANTO HAS ESPERADO.

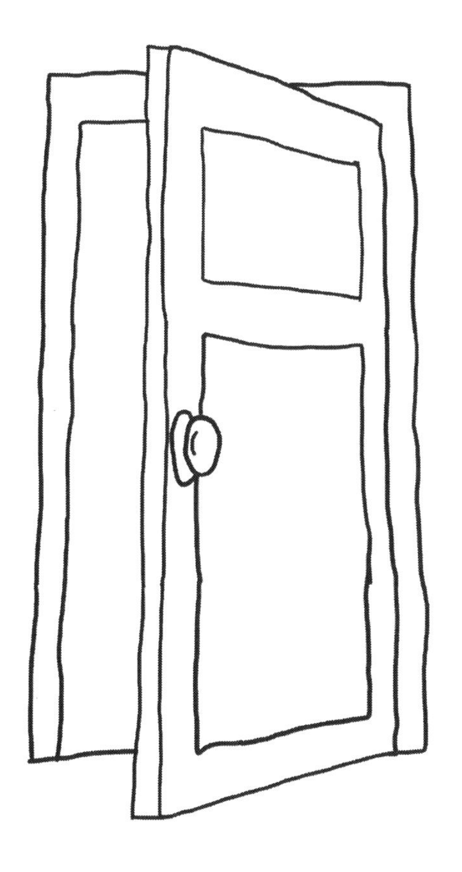

Piedad para aquellos que se han olvidado de amar

No culpo a todos aquellos que perdieron la esperanza, trataré de entenderlos y abrazarlos como pueda. No te juzgaré si me dices que ya no quieres seguir, que el cansancio está contigo y ya nada vale la pena.

Te fuiste hacia el olvido porque ahí te sientes mejor, dices que ahí nadie puede molestarte y que nadie te recuerda. Te has negado de ti, de lo que un día fuiste y aquella persona fiel a sus principios. No sé qué pasó contigo, no sé cuál es tu historia, no sé qué tanto daño hay latiendo en ti como para que tengas como sueño partir de esta vida.

Hay quienes encuentran la felicidad en la simplicidad de los días, caminando, mirando todo, acostados en alguna colina mirando el cielo. Hay quienes prefieren leer un libro o escuchar su álbum de música favorita, están los que se preparan su comida o postre preferido y de esa forma logran reconciliarse con ese monstruo que se despierta y solo quiere interferir en sus días de tranquilidad.

Piedad para ti,
la esperanza está llegando, no la abandones.

El amor sigue presente, aunque no lo quieras apreciar, mientras sigas de este lado, te prometo que estaré contigo.

No te vayas sin soltar

Te levantaste queriendo una vida diferente, una vida donde no tengas que sufrir, una vida donde quien se acerque a ti se quede, una vida donde las mentiras no existan, una vida donde las horas del reloj no funcionen cuando estés con tu persona favorita.

Te levantaste con ganas de sentir diferente porque ya no quieres sufrir, todos los recuerdos que siguen presentes, dicen lo que eres, lo feliz que fuiste y todo lo que un día estuvo contigo y se fue.

Te levantaste con ganas de querer cambiarlo todo, en una hoja de papel has escrito lo que quieres soltar, y en otra, los lugares a los que te gustaría regresar.

No te vayas sin antes resolver el problema, sin antes tomar la decisión correcta, sin antes liberarte de las culpas que no te pertenecen, sin antes decirte que la mejor persona que está contigo ahora, eres tú.

El resto déjaselo a la casualidad.

Su corazón se detuvo

Creo que nunca me había sentido tan vacío como aquella noche cuando su corazón dejó de latir, ahí entendí que ya nada sería como antes y fue entonces que el miedo volvió.

No hubo tiempo para una lágrima, así como tampoco hubo tiempo para una digna despedida que calmara la ansiedad de mi pérdida.

El después dolió mucho más que la primera hora que su corazón ya no latía, pasé días intentando procesar su lenta partida de esta vida, pero a pesar de respirar y tratar de asimilar la realidad, no te voy a negar que todavía sigue doliendo y mucho.

Me han dicho miles de veces cómo la valentía y la fuerza han sido mis aliados para no desvanecer, sin embargo, el amor ha sido mi apoyo desde siempre, a pesar de las ausencias que dolerán toda la vida, si el amor se mantiene presente, este apaciguará no solo el dolor sino toda esa culpa con la que uno se queda por creer que nos faltó algo por hacer.

«No hay más que hacer, se ha ido…» esa frase que parece un disparo y aunque pasen los años se queda presente.

Duelen las despedidas inesperadas, duele decirle adiós a la persona que amas, duele darse cuenta demasiado tarde que faltaron abrazos y citas por café. Duele muchísimo tener que imaginar una vida sin aquel que se ha ido para siempre.

ALGUNOS CREEN QUE LA MUERTE ES EL FINAL, PERO PARA MÍ, ES EL COMIENZO DE ALGO EXTRAORDINARIO QUE CONOCEREMOS DESPUÉS DE CRUZAR EL PUENTE.

NOS VEMOS DEL OTRO LADO, MAMÁ.

Suspirando para encontrar paz

A mi manera he conseguido paz, casi siempre en la soledad, pero reconozco que, en compañía, también lo he logrado. Me gustan las pláticas espontáneas y las visitas al mar.

Me gusta correr sin razón alguna, andar en bici los martes y los jueves por la tarde.

Me gusta cuidar mis plantas y alimentar a mis mascotas, dormir una siesta con mis perros, mis compañeros desde que mamá no está.

Me gusta la oscuridad cuando quiero descansar, y cuando cae la noche, alguna serie o película en «Netflix» disfruto.

No apuesto por el encierro porque saldré lastimado, aunque no pueda hablar con cualquiera sobre lo que siento, salir a caminar también ha funcionado, comer mi postre favorito es una manera de ver el lado bueno de las cosas.

Suspiro por más vida, agradezco por la persona en la que me estoy convirtiendo. Creo que lo más bonito de existir es saber que cada paso que damos no nos llevará a ningún precipicio cuando sabemos lo que queremos, he aprendido de todo aquel que me abraza y se acerca a mí, pero he aprendido más de aquellos que se tienen que ir de mi vida porque el viaje finalizó.

«Todavía no sé dónde terminaré, ni siquiera he pensado cuánto me falta por vivir, pero lo que he sentido hasta ahora, más allá del sufrimiento, me ha gustado. Supongo que algo estoy haciendo bien».

Es hora de comenzar otra vez

Aquella tarde todo se sentía diferente, estaríamos juntos en nuestro café favorito y sería la última cita para los dos, aunque todavía no me lo había dicho sabía que era así. Llegué temprano, como de costumbre. No pasó mucho tiempo cuando vi la puerta de la cafetería abrirse, ahí estaba... dirigiéndose hacia mí e inmediatamente mi corazón comenzó a latir de forma descontrolada.

Pensaba en todas las posibilidades de continuar con nuestra historia y ya tenía preparadas las alternativas porque no me sentía listo para soltar a la persona que en ese momento amaba más que a nadie.

—Lo siento si te hice esperar —dijo, mientras procedía a tomar asiento.
—No pasa nada, llegué hace poco, ya sabes, trato de ser puntual... como siempre —respondí, un tanto nervioso.
—Me doy cuenta, quisiera decirte tantas cosas, pero no sé por dónde comenzar.
—¿Todas esas cosas que quieres decirme van a doler? —pregunté.
—Más que dolerte, siento que no puedo seguir con esta mentira. No mereces a alguien como yo —respondió mientras sacaba de su bolso todas esas cartas que le escribí.
—¿Qué haces?, ¿por qué las traes? No entiendo nada —refuté.
—Toma, te las entrego porque lo que hay escrito en ellas no me definen y tampoco me pertenecen —me responde, entregándome las cartas—. Siento que te dejé ir demasiado lejos con todo esto.
—Ni siquiera sé qué decir. Todo esto es muy extraño para mí.

—Lo siento si no te lo dije a tiempo, no sabía cómo hacerlo. Te veía tan ilusionado que traté de quererte como lo mereces, pero no lo logré.
—No te disculpes por algo que debiste ponerle punto y final desde el principio.
—En serio lo siento, de verdad —dijo, mientras me tomaba de las manos—. Eres una persona increíble. Una persona que no merece que nadie le mienta y mucho menos que nadie te ilusione en vano.
—Yo sí te quise en serio —respondí, afligido.
—Lo sé, sé que me quieres de verdad, sé que has hecho demasiado por mí, has estado conmigo en los momentos más difíciles donde creí que no había razones para seguir, me enseñaste a continuar.
—Pero ahora quieres continuar sin mí —la interrumpí.
—No era mi intención lastimarte.
—¿Pedimos? —le pregunté, tratando de cambiar el tema, ya no quería pensar en esa realidad que por dentro me lastimaba.
—Está bien, solo pediré agua —respondió.

Mi mente volvió a ser como cuando los miedos estaban ahí presentes, cuando dudaba de mí mismo y de la persona que quería ser, el momento que no quería vivir había llegado, esta vez tendría que ser yo el que tenía que continuar de una forma distinta. Me sentía culpable por haber formado parte de una historia basada en mentiras y falsas ilusiones, yo sabía que no sentía lo mismo por mí, pero cuántas cosas hacemos por amor, pensé. A veces preferimos aceptar migajas para evitar la soledad y no aceptar que estar una temporada a solas, también puede ser bueno.

—Te quiero —me dijo.
—¿Qué tanta verdad hay en lo que acabas de decir?
—pregunté.

—Muchísima, porque sí te quiero, pero no te amo.
—Creo que dolerá por mucho tiempo, pero supongo que ese duelo por ti va a enseñarme—le respondí, mientras tomaba un sorbo de café.
—Serás feliz, a tu manera, pero lo serás. Quiero que lo seas, también quiero que consigas a la persona correcta para ti. Se acabaron las mentiras, no mereces esto y yo no merezco a una persona tan increíble como tú.
—Aferrarme a ti se convirtió en el precio a pagar por creer que funcionaríamos.
—No lo veas así, a veces es inevitable no detener las cosas. En serio lo intenté —respondió.
—Quédate con las cartas, no son mías. Todo lo que escribí en ellas, es real, al menos ten ese recuerdo de mí, sé que quieres soltarme, pero llévatelas; podrías quemarlas, guardarlas o yo qué sé.
—Está bien, me las llevaré.
—¿Esto es todo? —pregunté.
—Supongo —me respondió.
—Bueno, gracias por decirme la verdad, aunque haya sido demasiado tarde. Sabía que esta era nuestra última cita. Era necesario para mí, para entender que estaba equivocado.
—Sí, supongo que liberarme de esta presión también me ayudará a mí, por ejemplo. A no ser tan hija de puta y hablar siempre con la verdad.
—Amarte dolió desde el inicio porque teníamos fecha de caducidad. Y esa fecha es hoy —le dije, preparándome para el último discurso y decirle adiós.
—Ni siquiera sé qué decir —me dijo, afligida.
—Ya no hay más por decir, todo fue bueno… lo veré así.
—Está bien.

Aquella tarde dolió como nunca, despedirse duele demasiado cuando no estás preparado. Soltar a la persona que amas de repente, es una prueba del destino para decirte que nada es perfecto. Esta situación me enseñó que aferrarme no sirve de nada, las promesas y cartas escritas no son para todos. Algunos prefieren vivir así, entre realidades alternas para evitar sufrir. Los compadezco, pero más me compadezco yo.

Ni siquiera sé por qué soy así, pero por ahora me resguardaré y cuidaré cada paso que doy. Tendré que comenzar una nueva historia, pero conmigo, tal vez si me doy el espacio y tiempo necesario podré entender todo lo que no estoy comprendiendo.

Ya pasará, no dejaba de repetirme eso de camino a casa. Era momento de descansar y de soltar lo que ya no era mío. Amar duele cuando no eres correspondido, pero duele más cuando descubres alguna infidelidad o te ilusionan para luego soltarte cuando estás en la cima. Nunca entenderé por qué dejan pasar demasiado tiempo y cómo por ingenuidad uno se queda esperando lo que no están dispuestos a dar.

Una cita transformada en despedida pero tan necesaria para despertar del letargo que me mantuvo inducido en una historia que yo me había inventado.

No me gusta amar a lo ordinario, me gusta que el amor sea real, que me digan que no quieren irse.

Que me expresen con abrazos y mimos,
lo que sienten por mí.

No todos saben amar, ni cuidar un amor
que podría estropearse.

No pido suerte ni clemencia, solo pido sinceridad desde el primer momento que me tomen de la mano.

TODO ESTARÁ BIEN.
TODO PASARÁ.
EL TIEMPO
ES MI MEJOR AMIGO.

ESTOY EN UN
NUEVO PROCESO:
—SER FELIZ—

PARTE 2

VIAJEMOS UN MOMENTO A TU PASADO.

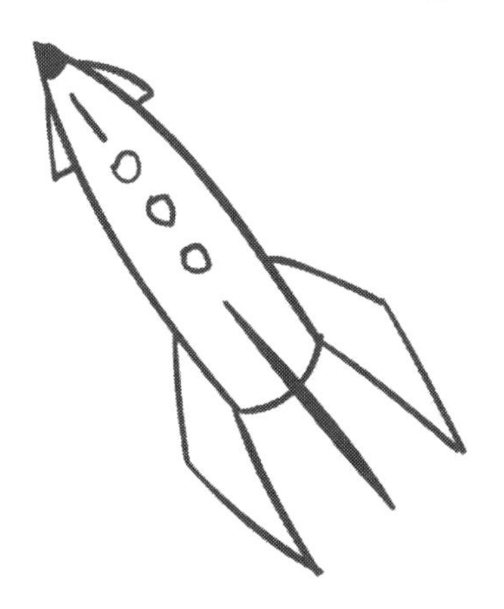

Cuando mires tu pasado como una lección de vida, dejarás de aferrarte tanto a él. Aquello que se marchitó no volverá, ni siquiera renacerá en tus peores días para encontrar paz.

Viajemos al pasado solo por un momento, solo para entender que todo lo que ha terminado ahora es un recuerdo que te acompaña pero que no causa algún efecto en ti.

Apego innecesario

Se marchó y me quedé creyendo que volvería, por creer que al reflejarme en sus promesas, ahí la encontraría.

No supe tomar el control de la situación, ni siquiera me enfoqué en mis próximos días.

Me perdí porque fue mejor para mí sentirme así, que aceptar que me había soltado.

Un té de manzanilla para calmar la ansiedad de mis noches, me sentía celoso de aquel que le hiciera compañía, me volvía loco pensar que estaba posando su cuerpo en otra cama, me consumía por dentro imaginar su risa ligándose con otra que no fuera la mía.

Volaron al aire todas mis palabras de amor, mi alma se enamoró y no puedo echarle la culpa a la casualidad.

Se me fue la vida soñando un futuro a su lado, deshojé nuestra historia para encontrar el error, pero fallé.

Su mirada y la mía se fueron con la corriente que formaron mis lágrimas y nuestras ilusiones, el viento algo tuvo que hacer con ellas.

You will be in my heart

Hay personas que, aunque salen de tu vida de forma apresurada, se quedan contigo. A través del recuerdo o con una simple causa ahí están.

Nunca es tarde para expresar lo que uno siente, hay quienes encienden la leña que hay en tu alma y soltarlos se transforma en un reto que no cualquiera quiere enfrentar.

Ahí están, en un recuerdo que se durmió con el tiempo, cuando el frío apareció y no había a quien abrazar.

Los cobertores de tu cama estuvieron ahí para decirte que no te aferraras, que la culpa no tenía nada que ver con tu realidad.

Esa manera de amar te enseñó lo que realmente eres, ser honesto con uno mismo puede doler, pero duele más vivir una mentira y atraer con un imán lo peor a tu vida.

Quédate con esa parte donde sentías que no había un mañana, que los buenos ratos se presentan inesperadamente y aquel que se va, siempre se recuerda, porque su despedida, aunque dolió, sanó.

Para ti:

Te quedaste a mi lado, aunque ya no puedo verte, recurro a nuestras fotografías para sonreír en aquellos días cuando no sé qué me pasa.

A veces me pregunto qué sería de nosotros si te hubieses quedado un rato más, con tu ausencia he aprendido que no se puede ser egoísta y que cada quien tiene que vivir su historia a su manera.

El recorrido que emprendimos valió la pena, espero que también pienses eso de mí.

LA PARTE MÁS BONITA DE HABER
COINCIDIDO CONTIGO EN ESTA VIDA
ES QUE, TODAVÍA, SIGO CREYENDO
QUE LAS PERSONAS BUENAS SÍ EXISTEN.

Perdonando errores

Ya no quiero enloquecer con lo que pienso y quiero, las veces que he fallado ha sido mi culpa, lo reconozco, y en mi búsqueda interna, me estoy perdonando por mis errores.

Ya no quiero seguir naufragando en mis culpas, de nada sirve quejarme todo el tiempo, sé que pronto me liberaré hasta de mis penas, y el cielo tendrá nuevamente una oportunidad para mí.

Cuando siento que el día está transcurriendo lento, preparo mi café favorito y, con un par de canciones, dejo que todo vaya tomando su lugar.

Al caer la tarde sigo siendo yo, a pesar de que nadie llega a casa, a pesar de que, por un corto momento, siento que todos me han olvidado, intento mantener la calma y la serenidad en mi alma.

Punto de partida

Dicen que todo tiene un punto de partida,
pero todavía me pregunto:

¿Cuál fue el punto de nuestro encuentro?

ALGUNAS HISTORIAS
◂SE QUEDAN▸
EN EL OLVIDO,
PERO TU RECUERDO
ES TAN ·INFINITO·
QUE ME HACE PENSAR
QUE TODAVÍA SOMOS.

Preguntas y respuestas

¿Para qué nos conocimos si nos lastimamos?

Es algo egoísta pensar así.

¿Para qué nos tomamos de las manos si nos soltamos?

Entonces, nunca podremos creer en nada.

¿Para qué nos hicimos tantas promesas si ni siquiera recordamos cuál fue la primera?

Nos ganó la emoción de amarnos mutuamente.

¿Cuál fue nuestro punto final?

Yo también me lo sigo preguntando.

¿Por qué el tiempo pasó tan rápido?

Se suponía que caminar juntos nos enseñaría que las casualidades existen para seguir creyendo.

Algo fuimos en medio del desierto en el que anduvimos, en aquella noche a solas prometiéndonos todo, en aquellos días donde el final no parecía existir, siempre fuimos algo, incluso antes de encontrarnos.

Errores comunes

Quizás el error más común es que siempre estoy buscando a alguien que quiera como yo lo hago, alguien que no deje de intentarlo al primer error. Quizás mi forma de ser espanta y al final, terminan huyendo.

Quizás el error más común de todo lo que he dicho y he hecho es que he confiado en las personas equivocadas y le he dado la espalda a aquellos que no traicionarían la lealtad que nació luego de muchas aventuras y secretos.

Y sí, he aprendido bastante.

Por ejemplo, a no confiar en cualquiera que me sonría, a no aferrarme tanto y aceptar que no todo es como lo pienso.

Tengo que dejarme llevar y aprender de aquel que me quiere enseñar.

Tengo que salir más de mi madriguera y darme la oportunidad de conocer nuevos mundos.

Tal vez, el error más común es que siempre intento llegar demasiado lejos y termino perdiéndome porque olvido ir con calma.

Dulce compañía

Nunca se lo dije, pero supongo que se lo imagina, se convirtió en mi compañía favorita en poco tiempo, le regalé mis secretos y mis miedos y no me juzgó, se quedó.

Su sonrisa iluminó mi interior y entonces supe que ese pequeño instante era nuestro.

Me gustaría irme a viajar a todos lados con su compañía, ese espíritu invaluable me atrajo desde todas las direcciones.

Quería quedarme más tiempo hasta llegar a su pecho, y quiero que se quede para yo poder conquistar su corazón.

No me aterra una despedida inesperada, pero sí huir por el simple hecho de no aceptar que si apareció de la nada en mi vida por algo será.

Su compañía es dulce, dormimos juntos una primera vez y nada extraño pasó, le dije que siempre quise una noche en vela así: comidas, películas y un par de tragos por la noche, acompañada de largas pláticas sobre aventuras cruzando ríos y escalando montañas.

Y es que a veces pienso que sí, que la suerte se hace presente, pero no me gusta decirle así, prefiero pensar que es un regalo de la vida, porque algunas personas lo son.

LA FELICIDAD QUE UNA PERSONA TE PUEDE OTORGAR EN TIEMPOS DIFÍCILES NO TIENE COMPARACIÓN CON NADA.

POR ESO DISFRÚTALA Y GUÁRDALA
EN TU CORAZÓN.

Para algunos, la vida es un tormento

Puede que la vida sea un torbellino y termine por atormentarnos por un largo rato, pero yo ya sé sobrellevar las situaciones, ya no me encierro como antes y no grito buscando culpables.

Tal vez lo que hoy no entiendas se te clava como un puñal en la espalda o tu mente sin descanso te hace imaginar miles de tragedias. Me gustaría creer que, en algún momento, podré cambiarle la vida a alguien con mi manera de pensar y decirle que todo estará bien, que por muy trillado que parezca, debe creerlo.

Muchas personas deambulando por las calles, con cientos de tormentas y batallas internas, por eso evito juzgar porque desconozco su realidad o aquella verdad que los tiene así, viviendo solo de respirar y no aspirar a alguna grandeza.

Algunos temen caminar,
otros alzar sus brazos.

Hay quienes piensan que ser orgullosos lo es todo,
y otros convierten su ego en un arma mortal.

Están los que nunca piden perdón,
y luego aquellos que nunca perdonan.

Existen los que no dejan de llorar
pero también los que nunca hablan de sus miedos.

Puede que estar aquí sea un desastre,
pero un poco de ayuda no vendría mal.

Puede que yo te diga que todo estará bien,
pero está en ti que eso sea así.

Qué caóticos que fuimos

Parecerá loco si lo digo,
pero fuimos el desastre más bonito
en el tiempo donde los inadaptados coincidieron.

No voy a decir más de lo que te dije,
pero no dejo de pensar en todas las locuras
que nos permitimos vivir.

Lo siento si fui demasiado lejos
pretendiendo abrazarte para siempre,
pero es que nunca había encontrado a alguien como tú,
alguien misterioso, pero también bondadoso.

Mi caos favorito, un secreto que guardo y que nadie sabe,
de esos gustos culposos que dan vida,
porque sí, los hay.

Tú fuiste uno.

Sonrisas de Diciembre

Cuando las sonrisas en diciembre van desapareciendo para irse a la eternidad y sobra espacio en la mesa, estar vivos es una bendición. Transformamos la tristeza en los recuerdos más bonitos y la música que nos acompaña nos trae de regreso a todo aquel que se fue.

Ella se fue hace un par de meses y todavía siento que, en algún lugar de la casa, la voy a encontrar.

Velas encendidas, el frío entrando por puertas y ventanas me hace pensar que el portal se abrió.

Pensarás que estoy loco, pero no, no lo estoy.

Los que se fueron y no están, se quedan en nuestro corazón, esa es una manera de mantenerlos vivos, de decirles que no los hemos olvidado.

Yo no puedo olvidar a quien quise de verdad, a ese alguien que me regaló sus mejores consejos, a esos que, sin dudarlo, me abrazaron cuando más lo necesité.

Yo no puedo olvidar a quien un día me salvó hasta de mí.

Punto de quiebre

Intento mantenerme sereno cuando vuelvo a sentir miedo de dar el siguiente paso.

He lamentado tantas caídas que ni siquiera sé qué pasó conmigo después de levantarme.

La amnesia me toma de las manos, supongo que es una autodefensa para no seguir lastimándome.

En ese punto de quiebre donde muchos caen y no se levantan, yo lo hago porque debo seguir.

No quiero sentirme vacío, quiero sentir todo, aunque la indiferencia de aquellos que amo me duela, seguiré hacia delante porque al final, si ellos se marchan, yo encontraré la manera para volver a sonreír.

No te mentiré diciéndote que todo volverá a la calma en menos de un segundo.

Los duelos se viven, se procesan y con el tiempo la calma aparece para aliviarnos todas nuestras penas. Con cada punto de quiebre valoro más mi tiempo aquí y aunque a veces todo se jode un poco, en el camino he encontrado buenos amigos.

¡FUE BONITO
HABERNOS
CONOCIDO!

Aunque no quería, tuve que decirte adiós

No me cansaré de repetirle a mi amigo el tiempo, que decirte adiós sin querer, sigue doliendo, que sonrío para disimular la rabia que siento.

Solo querías a alguien que te admirara, alguien que enloqueciera por ti, alguien que alimentara tu ego para mantenerte a flote, yo estúpidamente caí en tus brazos y tú te aprovechaste en mi afán por querer que alguien me quisiera.

Insisto, decirte adiós sigue doliendo, pero lograré pasar de ti, aunque llene todas mis libretas con cartas que no te enviaré y gaste toda mi saliva hablando a solas, sé que encontraré alguna excusa para salir de casa y ya no pensar en ti.

¿A dónde nos fuimos?

De alguna manera, lo que tuvimos nos dejó en la eternidad, pero no sé en cuál porque en este presente tú ya no estás.

Sé que llegamos al límite de lo que podíamos ser, no sé si a veces te encuentras a solas y te preguntas si todo lo que nos dijimos fue suficiente, si faltó algo por decirnos, o quizás ese último abrazo careció de sinceridad.

Ahora los kilómetros que nos separan se aparecen cuando las ganas por ti, me invaden.

En ese espacio vacío en mi cama que sigue siendo tuyo, me cuestiono si después de todo, podré olvidarte.

Inténtalo, podrás

No sientas que eres un fracaso cuando vuelvas a caer, no te abandones cuando te sientas sola, no digas que no podrás si no lo has vuelto a intentar.

No pienses que la vida se te ha ido, aún la tienes, apréciala.

No cedas cuando sientas que ya no tienes fuerzas, porque en ese próximo paso todo puede cambiar, pero tú eres quien decide si permanecer así.

Cuando sientas miedo y no quieras abrir tus ojos, descansa.

Cuando los buenos amigos que una vez tuviste se marchen, despídelos con dignidad. Cuando sientas que no vales la pena, solo recuerda las veces que alguien se arriesgó por estar a tu lado.

YO SÉ QUE A VECES PARECIERA
QUE NADA TIENE SENTIDO, PERO HOY QUIERO
QUE PIENSES EN ESO QUE TE HACE MUY FELIZ
Y TE OLVIDES DE TODAS TUS TRISTEZAS.

Cada vez que dejes de creer en ti, repite esto:

VALIÓ LA PENA LUCHAR,
YO VALGO DEMASIADO,
YO SOY IMPORTANTE,
YO SIEMPRE PODRÉ,
YO SIEMPRE ME ARRIESGARÉ.

No te tortures, sé feliz

Cuando conviertes la tortura en una manera de castigarte por creer que eres una mala persona, dejas a un lado todo aquello que has trabajado y mejorado. De alguna manera es retroceder y traicionar tu integridad como individuo, es darle paso a la ansiedad y los pensamientos turbios que, de nuevo, llegan para querer quedarse.

Cuando la tranquilidad se vuelve a alejar por varias semanas y tus noches de insomnio se transforman en pesadillas, entras en un estado de descomposición personal, es lastimarte por puro gusto, por creer y pensar que de esa forma vas a aprender.

Me ha pasado que, muchas veces he conocido personas que ni siquiera saben por dónde comenzar, me cuentan sus historias victimizándose para no ser juzgados, pero ¿quién soy yo?, siempre les pregunto; soy solo una persona en este plano dispuesta a ayudar y también a aprender.

Si eres feliz, disfrútalo, porque ese rato de felicidad podría ser tan efímero como ese último abrazo que le diste a la persona que más amaste. Cuestionarlo todo puede confundirte y distraerte, es vivir todo el tiempo con la preocupación de que algo podría salir mal.

No estás viviendo de verdad,
estás solo existiendo como un objeto superficial
al que nadie le ve sentido.

Crees que no tienes algún propósito,
sientes que eres alguien más del montón
al que nadie le presta atención.

Cuando cambias tu manera de pensar
y entiendes que tú eres el dueño de tu destino,
comienzas a entender nuevas cosas.
Ser feliz no es solo una decisión,
ser feliz es sentirlo, apreciarlo y siempre agradecer
por todo lo bueno que nos pasa.

Destinos Cruzados

Ellos se cruzaron sin saber que la historia que juntos escribirían, quedaría guardada para la eternidad.

Cuando él la soltó la primera vez, se dio cuenta de que lastimarla era también lastimarse él, dejó que el miedo inundara sus verdaderas ganas de amar y cuando la miró por última vez para no echarla de menos, ella ya se encontraba de camino a otro destino, se cansó de esperarlo tanto que una mañana se dijo «ya no más».

Hay quienes se cruzan para estar juntos para siempre, pero son tantos los errores cometidos que olvidan ese amor que los perpetuó.

No se cruzaron porque sí o porque hubo un error en la *matrix*, se juntaron para entender que la cobardía puede llevarlos a la perdición y que la falta de comunicación puede estropearlo todo.

—¿Fuimos un error en la *matrix*? —ella preguntó, sin querer decirle adiós.
—No lo sé, pero lo que fuimos al principio, me gustó —él respondió, mirándola.
—Quiero creer que tendremos una próxima vez—dijo ella, esperanzada.
—Tal vez, y si no, te recordaré para siempre —le dijo él, tomándola de las manos.
—Así como ese «para siempre» que nos juramos, ¿recuerdas?, pero míranos, ambos creemos que lo mejor es soltarnos.
—Tal vez este adiós nos dirá que debemos estar juntos —le dijo él, mientras la miraba por la ventana del automóvil.
—La verdad yo creo que este adiós será para olvidarnos

—ella refutó.
—Olvídame si quieres que de mi parte no lo haré —dijo él.
—Eso dices tú, pero sé que al encender el motor y marcharme, todo seguirá normal para ti.
—Tú no sabes lo que pasará después, tu problema es que siempre supones y fue eso los que nos condujo a esto.
—¿Entonces es mi culpa? —ella preguntó.
—¿Lo ves? También te pones a la defensiva —respondió abrumado.

Esa tarde de despedida para los dos, resumió lo que ambos sentían. Coincidieron que soltarse era lo mejor, ella lo seguía amando y él también.

Y sí, pasó que se volvieron a cruzar solo para decirse adiós. Sin saber que la realidad de todo era que juntos funcionarían. ¿Ahora entiendes que sí hay muchos amores que fracasan así de repente?

Ella se marchó sin mirar atrás, amándolo, y él, la dejó ir porque quiso respetar esa decisión, se cuestionó esa primera vez que le falló y ahí entendió que no todo el tiempo el perdón deja la puerta abierta.

Amores inesperados

Amores que curan,
amores que enseñan,
amores que no traicionan,
amores que surgen como el brote de una flor,
amores que interceden para curar,
amores que aparecen y qué bonita casualidad.

Amores que se sienten eternos,
amores de todos mis días,
amores de cada lugar al que voy.

Que sí, yo veo el amor en todos lados,
veo el amor porque así quiero,
porque me cansé de quejarme
y de vivir solo por vivir.

Yo sí quiero percibir el amor en todas
direcciones y en todas las dimensiones
donde exista, a los siguientes mundos a donde vaya,
incluso estando aquí y estando fuera.

Que lo inesperado puede ser auténtico
y más especial que ese amor que te juran
y se marchita al día siguiente.

Conexiones casuales

Imagina que un día despiertas por la mañana
y crees que será igual como siempre,
que la monotonía no se irá
y que lo único que pasa, eres tú.

Y así de la nada, como estrella fugaz
con un deseo que se cumplirá,
conectas con alguien que no sabías que llegaría.

Me ha pasado un par de veces,
pero carecieron las razones
para que la conexión se mantuviese.

Imagina que un día te pasa y todo cambia,
se rompe la monotonía
y te liberas del domo donde estabas.

A mí me gusta creer en esas cosas,
aunque muchos me miren raro,
o crean que nada de eso puede ser posible.

Me gustaría conectar con alguien que,
más que cambiarme la vida,
me lleve a aventurarla.

Pétalos marchitados

Dejó marchitar sus pétalos porque todos olvidaron cuidarla, así lo creyó. Olvidó que tiene la tarea de cuidarse a sí misma y quizás el egoísmo la invadió.

Así se sintió aquella vez que salió de su casa y no tenía con quien caminar por el parque. Sus ilusiones comenzaron a apagarse y entonces creyó que si se echaba al abandono alguien correría a salvarle.

Pero lo que olvidó es que todos tienen sus propias batallas y que no pasa nada si los amigos se dedican a ellos mismos, que no pasa nada si por un rato se despegan de lo cotidiano y que volver al rato, está bien.

LECCIÓN DEL DÍA:

Tus amigos también pueden estar bien sin ti, el egoísmo se presenta cuando queremos ser el centro de atención, cuando queremos que todas las miradas giren hacia nosotros para que admiren la belleza de nuestros pétalos.

No olvides que tus amigos también trabajan para mantener el brillo de sus pétalos y para que tú los admires. Ellos también quieren estar equilibrados con sus pensamientos y si tú muestras apoyo, todo sería mejor.

La amistad se trata de eso, de querer estar y apoyar, de admirar cómo ese alguien que amas, crece a su manera y cómo su luz sigue expandiéndose sin conocer límites.

No dejes de querer

No dejes de querer cuando tu felicidad sea interrumpida, cuando la inseguridad te toque el hombro, no dejes de querer cuando las luces se apaguen o cuando tu viaje personal pierda su rumbo.

No dejes de querer cuando la persona que te ama esté en una mala situación, quédate y hazle entender que, con tu amor, todo estará bien.

No dejes de querer cuando te mires al espejo y tengas miedo de ti, no dejes de querer lo que habita dentro de tu alma, lo que eres y lo que has superado.

No dejes de querer cuando sean demasiadas las preguntas para tan pocas respuestas, no dejes de querer cuando el camino por donde transitas te agote.

No dejes de querer cuando la vida te exija una pausa y comience el invierno en tu alma.

No dejes de querer cuando la alegría te abandone y en las noches resurjan esos pensamientos que te lastiman.

No dejes de intentarlo

Para cuando quieras desistir:

Imagina que la vida solo fuese despertar y solo existir, que las razones para sonreír desaparecieran y todo lo que es para nosotros alguien se lo robe, que la lucha por lo que siempre queremos sea en vano y al final, seamos derrotados.

No dejes de intentarlo porque se trata de ti y tus deseos.
No dejes de luchar porque alguien te dijo que no podrías.
No dejes de intentarlo, aunque todos te suelten.

Imagina que la vida fuese solo ver, que no pudieras hablar o percibir sensaciones, que, con solo mirar, por dentro te llenaras de ganas por ir más allá. Y tú que puedes hacer eso y más, ¿qué te detiene?

Solo quiero que reconozcas la dicha que tienes por poder siquiera levantarte de tu cama, salir a caminar y vagar. Algunos no pueden, cuando por rabia quieras acabar con todo, solo imagina el desastre que causarías, trata de llevártelas bien contigo porque, aunque nunca será fácil lograr todo lo que quieres y la vida te parezca bastante ruda, puedes aprender a lidiar con ella, porque cuando se trata de hacer las paces con la vida, es reconciliarnos con nuestro pasado y darle la bienvenida al presente.

Otra noche de insomnio

Otra noche de insomnio, me sigo preguntando:
¿Qué es existir?

Y como siempre, no tengo respuesta de nadie.

La mayoría de mis noches son así, crezco entre mis pensamientos, el frío de mi soledad y la inquietud de querer saber más.

Por ratos me siento confundido, es como entrar a otra dimensión y cuando no puedo dormir por pensar demasiado, me frustro y peleo conmigo.

Te confieso, el miedo nunca se ha marchado, me aterra la idea de un día no despertar, me aterra pensar que no disfruté lo suficiente, me da miedo caer y no poder salir del hueco, me da miedo luchar y seguir en lo mismo.

Me da miedo irme a la cama y solo abrazar a mi almohada en la inmensidad de mis deseos por tener compañía.

Cuando me siento así, vacío y con miles de dudas, hablo con mi yo del pasado, le pido perdón por lo inocente que fui y por permitir que otros me lastimaran. Por supuesto que quiero aprender más, quiero querer más, quiero sentirme ligero y no tener que escapar para encontrarme. Ahora sé que estoy conmigo y que, a pesar de todo, sentir miedo es inevitable.

Querido miedo:
no te doy el permiso que
necesitas para acabar conmigo.
Yo puedo contigo, yo soy quien
toma la última decisión, soy yo
quien manda entre los dos.

Tic toc... el tiempo es egoísta

No quiero mirar mi reloj, pero sé que el día que me marche de aquí, es porque habré culminado con éxito todos los niveles de esta vida, que si me han mandado a buscar fue porque encontré mi propósito y lo hice bien, que el boleto que me hacía falta para alcanzar la grandeza, finalmente lo encontré.

Mi alma indomable sigue abrazando la libertad, expando mis brazos para sentir la brisa que me arropa, corro con más rapidez hasta sudar y alcanzar la meta.

Sonrío a carcajadas y perdono mi vulnerabilidad.

Muchos dicen «un día a la vez», y sí, qué bonito.

Pero siempre me pregunto: ¿Esos días los viven con tanta intensidad?, porque nunca sabremos cuál será nuestro último día aquí.

Y, en serio te lo pregunto: ¿disfrutas tu tiempo aquí? Ojalá y me respondas que sí. Me gusta coincidir con gente que le mire el lado bonito a todo, ya sabes, que no siempre se vistan con la melancolía y la oscuridad.

Me gusta encontrarme con personas que a pesar de sus derrotas, siguen dispuestos a seguir viviendo.

QUÉ BONITA ES LA VIDA
CUANDO TE HACE COINCIDIR CON LA
PERSONA CORRECTA.

Extraña casualidad

No sé qué pasará contigo, si te vas a quedar, o la vez que dormiste en mi cama no se repetirá otra vez.

No sé por qué soñé que te abrazaba y no quería soltarte.

Acaso, ¿te irás pronto? O son mis ganas de quererte que hacen que me aferre a ti.

No sé qué pasará conmigo cuando me vuelvas a sonreír, o me digas que quieres quedarte y seas tú quien me abrace.

Quiero creer que si he insistido tanto hasta encontrarte es porque algo grande pasará, que si te vas a quedar será por una larga temporada y antes de soltarnos, nos vamos a querer tanto que pasaremos a ser eternos.

No me da miedo decir que me gustas, varios ya lo saben menos tú.

Si no pasa nada entre los dos, lo aceptaré, y me quedo con la parte de habernos conocido.

No más viajes al pasado

¿Qué harás ahí?, se preguntó, mirándose al espejo, recordarse que ya no es la misma persona y que su brillo natural lo encontró luego de perdonarse todas esas culpas, es suficiente. De reojo mira al pasado como ese amigo que se echa de menos, pero no le abre la puerta.

Cuando el próximo vuelo esté por despegar, suspirará porque sabrá que está dejando todo atrás, crecer puede doler un poco, siempre se lo repite, pero sin ese dolor nunca alcanzará la gloria.

Cada lágrima, cada cicatriz, cada hora donde sintió desvanecerse, lo tiene plasmado en un cuaderno y en su mente. Algunos no sueltan su pasado por cariño y hasta por respeto, porque ahí renacieron y es ahí donde las raíces comenzaron a buscar la profundidad para mantener la estabilidad.

Su frondosidad no la ganó por favoritismo del universo, la adquirió por lecciones aprendidas y aunque todavía falta mucho por estudiar en la escuela de la vida, las ganas de querer encontrar cada día motivos para seguir, se mantienen vigentes.

Se aferra en la esperanza cuando los días son demasiado grises, en la fe ha encontrado muchas de sus virtudes y en los buenos amigos que han sido su refugio para las noches de terror, se ha encontrado también.

Ahora entiende que son demasiado los pasajes que existen en este plano, ahora dispone del amor que ha conocido y al que quiere cuidar como nunca antes, se mira al espejo para siempre dar gracias, porque ahora no puede olvidar de donde tuvo que salir para no dejar de creer.

No mira su pasado con terror, habla de él con orgullo para inspirar a otros, porque se ha dicho muchas veces que las experiencias y los errores cometidos nos transforman en lo que hoy somos y que no siempre una mala decisión significa perdernos.

Cosas que no deberías hacer cuando estás sanando:

-Traer a tu presente, tu pasado.
-Creer que no vas a poder.
-Sentirte menos.
-No confiar en ti.
-Reprocharte por todo.
-Dar acceso a comentarios negativos.
-No poner en práctica lo que has aprendido.
-Olvidarte de tus sueños.
-Dudar todo el tiempo.
-Dormir demasiado para no pensar.
-Encerrarte.
-Ponerte a la defensiva.
-Creer que todos te deben un favor.
-Cerrar todas las puertas de las posibilidades.
-Dejar de sonreír.

Vive y disfruta el presente

Qué sería de tu presente sin los recuerdos del pasado, sin esa versión tuya en pleno auge a la cima, no te lo digo para que te lo cuestiones, tampoco para que digas que echas de menos esa locura.

Se puede pensar en él, es inevitable, pero ya pasó.

Hay que saber dejar ir.

Sal, disfruta y equivócate, ríete de tus caídas e inventa nuevos caminos hasta encontrar quien se una a tus aventuras.

Esta vida es solo una, no sabemos qué viene después, estar todo el tiempo entre dudas y preguntas, resta energía y ganas.

Ahora quiero que te detengas por un momento, sientas lo que está pasando y entiendas que estás aquí para algo más que solo respirar.

Quizás mañana el sol vuelva a brillar

Dejaré que te vayas a descansar porque si fue un mal día y no quieres hablar con nadie lo puedo entender.

A veces la tristeza nos enseña a valorar los momentos de felicidad, no digo que no los recuerdes con amor, pero de repente podemos caer sin evitarlo y todo se puede estropear.

Te dejaré ir solo por esta noche, pero promete que ante la luz del alba y antes de despertar, te habrás liberado de ese monstruo llamado culpa.

Un café caliente y oscuro te estará esperando, una ligera sonrisa de tranquilidad te acompañará, el frío adornará tu mañana y apenas pongas el pie sobre el suelo de tu habitación, comenzarás otra vez.

Las personas como tú, de hermosos sentimientos, no deberían llorar, no deberían sufrir nunca.

A veces quisiera devolver el tiempo

Todavía me pregunto si me faltó algo por hacer contigo, si mi esfuerzo valió la pena a pesar de que te fuiste. A veces por las noches cuando no puedo dormir, imagino que estás ahí, al borde de mi cama queriendo decirme aquello que faltó y no supe.

Cuando siento que no estoy yendo a ningún lado, cierro mis ojos para imaginarte nuevamente aquí, porque, aunque muchas veces digo que ya superé el dolor de tu partida, sigo sintiéndome vulnerable en esta existencia. No hay palabra ni melodía suave que calme mi ansiedad cuando me siento así, ni un abrazo ni mil promesas que excusen mis preguntas del por qué te fuiste de una forma inesperada cuando creía que todo estaba en calma.

Es tanto lo que quiero decirte; cuando camino a solas para intentar encontrarme, miro al cielo con la esperanza de que estás ahí, viendo mis pasos y haciéndome compañía, lo siento mucho si te he preocupado de más por lo solo que me he sentido desde que escuché latir tu corazón por última vez, yo estoy aquí tratando de ser feliz y de demostrarte que voy a poder, pero a veces pasa que necesito saber que sí, que lo estoy haciendo bien y que ahora soy yo el propio héroe de mi vida.

En una próxima vez cuando todo pase y el sabor de la vida deje de ser tan amargo y mis lágrimas dejen de correr por mis mejillas, y el llanto en mis sueños finalmente cese, entonces sabré que estás ahí, detrás de esa puerta esperándome para una eternidad sin tristeza.

—Quiero saber en qué momento uno deja de extrañar

—pregunté, con un nudo en la garganta—. La verdad es que siento que me volveré loco.
—Nunca dejas de extrañar a quien amas de verdad y con quien tienes una conexión incondicional —me respondió Madeline.
—¿Lo crees así? Es que siento que a veces me volveré loco. Es como si la salida del laberinto del dolor dejó de existir y me encuentro perdido —respondí.
—En esa perdición es cuando más te echas de menos, y entonces pasa algo que te despierta y comienzas a soltar todo lo que te estuvo lastimando.
—¿Pero cuándo pasará eso? —pregunté, abrumado.
—Pasará con el tiempo, pasará cuando llegues a esa parte del camino donde ya lo has entendido todo —respondió Madeline, mientras lanzaba una pequeña piedra al lago donde nos encontrábamos.
—Sabes, a veces siento que al llegar a casa estará ahí como si nunca se hubiese ido y que todo ha sido un mal sueño que tuve la noche anterior.
—Creo que eso pasa cuando no aceptamos la realidad, cuando no queremos mirarla de frente y cuando no queremos aceptar que todo fue así y no hay vuelta atrás.
—Para ti es fácil, tú vives tu vida como si nada, Madeline —interrumpí.
—Eso crees tú, pero la verdad es que yo he aprendido del dolor y las despedidas porque sin ellas no estaríamos aquí —me respondió, con una ligera sonrisa—. La oscuridad puede enseñarnos o hundirnos, ya queda de nuestra parte qué hacer.
—Entiendo, lamento si fui un poco grosero —respondí, apenado.
—No pasa nada, disfrutemos de esta vista y recuérdala con alegría y sobre todo con amor. Aquí hay mucha gente amándote, ella ha trascendido a la grandeza, pero sigue presente en tu día a día.

Una tarde con mi mejor amiga a solas en un pequeño lago cerca de mi casa, hacía rato que no salía, prácticamente me obligó a hacerlo y acepté. Me gusta la manera que tiene para siempre sacarme una sonrisa y hacerme compañía. Por mucho tiempo he considerado lo efímero que somos y reconozco que mi mayor miedo es pensar en el día final, en ese último respiro y no saber qué viene después. Pero lo que más me aterra es pensar que luego de eso no hay más nada, que todo se oscurece y ya.

Su ausencia me ha enseñado a valorar mi tiempo aquí, a valorar los sueños que tengo y los buenos amigos que me rodean, a atreverme más y aventurar por esta vida.

Quizás llegará ese día que podré soltarla y dejarla descansar, también descansaré yo del dolor y comenzaré a mirar las fotografías sin llorar. Lo más difícil de decir adiós a quien amas, es quedarte de este lado y no oírlos más, no verlos, no viajar juntos. No escuchar un buen y sabio consejo, sus historias de antaño y cómo lucharon para siempre mantenerse de pie y sonreír.

Mamá se fue un viernes por la noche, casi a las 10:00 pm mientras el frío penetraba cada poro, el silencio me invadió por completo y la derrota la sentí como un puñal atravesándome. Sabía que era su final aquí y un nuevo comienzo en la inmensidad, en la libertad del mañana y sé que el dolor para ella había terminado, mientras que, a mí, se me incrustó con los días y perdurará por los años que me queden aquí.

—Qué bonito te miras cuando hablas de ella —dijo Madeline al oírme hablar.
—Quizás porque estoy hablando de la persona que siempre me salvó —respondí.

—Ella está orgullosa de ti —me dijo Madeline, apoyando su mano en mi hombro.
—¿Qué haría yo sin ti? —pregunté.
—No lo sé, pero aquí estamos. Una buena compañía con muchos consejos y chistes cura el alma —respondió Madeline.
—El amor cura, alguien me lo dijo una vez.
—Así es, cuando el amor es verdadero cura toda herida y comienza a curar desde lo más profundo de tu alma.

¡POR SUPUESTO
QUE SOMOS
ETERNOS,
PERO EN
ESTA VIDA
YA NO!

«Cuando yo ya no esté,
salga a vivir, disfrute
su vida. Vuele».

Palabras de mi madre, olvidé la fecha,
estábamos en su habitación.

PARTE 3

HABLEMOS DE ESE FUTURO QUE IDEALIZAS CON ENTUSIASMO Y AMOR...

Me han preguntado cómo me
veo de cinco a diez años. La verdad no sé, pero:
«Espero verme feliz, con una familia
y, sobre todo, seguir haciendo lo que hago».

Y ahora, te pregunto yo a ti:

¿Cómo te ves en diez años?

Cuando todo pase

Cuando todo pase y regrese la calma, cuando me levante otra vez de mi cama y deje de buscarte, saldré a conquistar todo lo que allá afuera me espera. Cuando el invierno se haya marchado y salga el sol, miraré cómo las flores abren sus capullos y entonces entenderé que todo estará bien.

Cuando vuelva a mirarme en el reflejo de un riachuelo, sabré que todavía sigo aquí; cuando salga de viaje, lo tomaré como un descanso de todo lo que me molesta. Cuando todo pase y yo haya pasado de ti, cumpliré la promesa que me hice, la de no volver por ti.

Cuando te eche de menos, no tendré miedo, ni pediré al universo que te ponga frente a mí. Ya no te espero como antes, ya no necesito hacerlo, sigo reconciliándome conmigo por lo ingenuo que fui, y de lo más profundo de mi alma, estoy sacando tus últimas palabras.

CUANDO TODO PASE

Sabré que la tormenta terminó,
que saliste de mi corazón.

No seguiré buscando excusas para escribirte,
ni miraré el reloj para implorar por ti.

No culparé a mis intenciones por cómo fui contigo,
me levantaré más fuerte que antes.

Aceptaré la realidad y te diré adiós.

Me sentiré libre
y no volveré a mirar atrás.

Respiraré profundo y seguiré por mí.

No seguiré pensando que cometí demasiados errores.

Ya no te quiero,
fue mucho el daño,
te quedé grande
y todo lo que hice por ti,
fue real.

Ya no saboteo
mis nuevas oportunidades,
hay todo un mundo por conocer,
te he cerrado la puerta
y no la abriré.

No caeré en tu juego,
no responderé tu último llamado,
es demasiado tarde.

Claridad abriendo ventanas

Amaneció otra vez, la claridad del día me anima, ignoro los pensamientos negativos y la pereza ya no me determina.

Qué bonita se ve la luz que atraviesa mi ventana, la ternura de la mañana y los cantos de los pájaros los siento muy cerca de mí. Ahí me doy cuenta de que en las pequeñas cosas que nadie se fija, hay mucha vida por recorrer y yo ando en recorrido sin esperar a nadie.

Ya no quiero buscar donde pertenecer, ni un cuerpo donde reposar que me haga sentir que valgo, tampoco quiero indagar demasiado sobre esta vida, quiero ir con cuidado, pero sin perder la noción de mi tiempo aquí. Supongo que lo estoy haciendo bien, a pesar de los errores, de esas derrotas que me han quitado el aire y de todas esas despedidas que dolieron, pero ya sanaron.

«No debes tener miedo», me lo digo mirándome al espejo mientras me convenzo de que todo estará bien.

Que sí,

todo estará bien.

Querido yo:

Lo estamos haciendo bien,

a pesar de las recaídas

seguimos de pie.

Quédate, que todavía no es momento de irse

Falta mucho por conocer en este viaje, aún no has llegado al límite para decir: «Basta, no más». Antes de decir adiós, abre bien los ojos, escucha las verdades y mira bien a quien le entregas tus sentimientos.

Quiero decirte que, si sientes que es momento de dejar todo hasta aquí, dejaré que te marches, pero si no es así, paciencia, porque aunque te duela muchísimo la realidad, estarás bien. Todo estará bien, solo respira.

Te irás cuando te hayas agotado por completo, cuando todos los intentos hayan fracasado y cuando comiences a sentir que te desvaneces. Te irás cuando entiendas que no hay más que hacer, que lo hiciste bien y que no tienes la culpa de cómo pasaron las cosas.

Las excusas van a sobrar y esas promesas que intentarán persuadirte ya no te importarán. Te irás porque ya no puedes quedarte donde sobras, donde tu presencia estorba y donde ya ni siquiera te esperan.

Te quedarás cuando realmente te amen, pero te irás cuando ya no sepan sostenerte.

Te quedarás cuando te sientas a gusto con esa persona, pero te irás cuando te lastime y no le importe.

Te quedarás cuando las palabras sobren y las acciones hablen por sí solas, pero te irás cuando comiences a batallar con lo que jura y no hace.

Te quedarás cuando no tengas que preguntar si te quieren, pero te irás cuando comiences a sentir que te desplaza.

Te quedarás cuando confíes en su amor y te sientas en paz, pero te irás cuando comiences a sentir miedo por tu integridad.

Te quedarás cuando te incluya en cada sueño, pero te irás cuando sientas que se alejó.

Te quedarás cuando te tome de la mano sin miedo, pero te irás cuando prefiera mantener todo en secreto.

Te quedarás cuando te haga sentir que eres el amor de su vida, pero te irás cuando manipule tus sentidos y te encierre.

Te quedarás cuando te lleve a la gloria, pero te irás cuando no sepa lo que quiere.

Te quedarás cuando te abrace fuerte para no dejarte ir, pero te irás cuando no acepte sus errores y te culpe por todo.

Creo que si lo haces con amor, perdurará

Veo mucha gente dudando, muchos quejándose y sintiéndose tristes todos los días. Me gustaría entrar en sus mentes para saber qué está pasando y sanarlos un poco, pero no tengo ese poder salvo mis letras y aquí las tienes.

Algunos desconocen el verdadero significado del amor, incluso yo lo desconozco. Lo he ido interpretando a medida que lo descubro y como lo he sentido, pero creo que cuando te enfocas en algo que realmente te hace feliz, no tendrás tiempo para mirar hacia otros lugares.

Todo lo que haces con amor, perdura, y si realmente es tuyo, como alfarero lo moldearás a tu manera y te gustará. Cuando la paciencia llegue a casa y sea buena contigo, déjala entrar, cuando el miedo husmee por tus ventanas y te acose por las noches, no se lo permitas. Te lo digo yo, que por tanto tiempo quedé varado sin dar un paso, solo por creer que, si no me salía bien en el primer intento, lo demás solo sería perder el tiempo.

Pero tampoco te equivoques y ten cuidado con quién andas y a quién le tomas la mano, aquellos que les perturba tu felicidad harán de todo para robarte esa sonrisa y apagarte la ilusión que existe en tus ojos.

MANTENTE FUERTE,
MANTENTE SERENO
ANTE CUALQUIER TORMENTA,
SI LO HACES CON AMOR, SE QUEDA,
SI LO CUIDAS, SE QUEDA,
SI AGRADECES, SE QUEDA.
QUE NO LO ESTÉS LOGRANDO HOY,
NO SIGNIFICA QUE EN LA PRÓXIMA
SALIDA DEL SOL NO LO VAS A LOGRAR.

Aunque últimamente
te sientas fuera de tus propósitos,
no te castigues con la idea de que no vas a poder.

TAL VEZ PUEDA SER
COMPLICADO, PERO POR FAVOR.
NO TE DESVANEZCAS

Consejo para quienes siguen postergando sus proyectos:

Sé que en algún momento de tu vida te has preguntado cuánto tiempo te queda aquí, cuál es tu propósito en esta tierra, si lo estás haciendo bien, o si vale la pena seguir de pie. Y si te digo que, mientras te haces todas esas preguntas, el tiempo sigue su curso, mientras que tú solo te estás quedando atrás por indagar demasiado sobre lo que estás haciendo. Supongo que aquí te das cuenta de que te digo la verdad y seguirás trabajando por todo lo que quieres.

Algunos dicen que el tiempo no existe, que tan solo es una ilusión que inventamos, no sé quién tiene la razón. La verdad es que nosotros estamos aquí, existimos en el ahora y es lo que debe importarnos, no sigas aplazando tus proyectos, no continúes en las mismas cuatro paredes de todos los días, no dejes todo para después ¿y si después no hay un después?

Juntos en el atardecer

A mí sí me gustaría tener compañía los lunes por la tarde, o en esos días donde me siento perdido en mi soledad. Me gustaría sentarme al lado de alguien en ese atardecer que será nuestro testigo, supongo que algunos están tan ocupados como para vivir algo así o no sé si eso es pedirle mucho a la vida.

Quiero sentirme en calma a través de nuestro silencio y su presencia, me gustaría ser comprendido y no dar muchas explicaciones. Quiero saber que los lunes por la tarde tendré a donde ir cuando quiera salir de mi zona de confort.

No te ha pasado que estás en tu cama, mirando TV, tomando café y sientes esa gran necesidad de sentir afecto, tener con quien hablar de lo que miras en la TV, que te pregunten cómo te ha ido o simplemente tener compañía, porque muy a menudo eso me sucede.

Yo sí quiero tener a alguien con quien crear magia y que nos sintamos eternos.

Podría disfrutar cientos de atardeceres a solas, pero me gustaría disfrutar uno de ellos con alguien, que la brisa se lleve nuestros miedos, y de la nada comencemos a contarnos todas esas historias para conocernos.

Yo sí quiero mirar en sus ojos los siguientes atardeceres que nos esperan, mientras reímos con nuestros chistes entre suspiros y nuestras ganas por seguir juntos.

Ojalá esté por llegar, porque sé que se querrá quedar.

Como parte de la vida, llorar es medicinal

Lloro cuando la angustia me visita, cuando la nostalgia despierta conmigo, cuando no le veo sentido a la vida, cuando los recuerdos más tristes se presentan. Lloro cuando la rabia invade mi tranquilidad y la ansiedad hace de las suyas, lloro cuando quiero escapar y cambiar mi realidad y lloro cuando sé que nunca más volveré a ver a esa persona que anhelo ver.

Lloro cuando me siento frustrado porque todo me sale mal, lloro cuando respiro profundamente y sé que intentarlo otra vez, no servirá de nada. Lloro para espantar las penas que me persiguen y lloro porque es la única manera que tengo para drenar todo lo que sufro por dentro.

Lloro porque solo así siento que la calma llegará y se quedará, lloro cuando los recuerdos entorpecen mis pasos y no me dejan continuar. Lloro cuando no puedo ayudarme yo mismo y para no seguir sintiéndome culpable, prefiero irme a la cama.

Lloro por la distancia que me separa de aquellos que amo, lloro porque los momentos más felices ya los he vivido y tengo miedo de no tener más, lloro por aquel que me soltó de repente y no me quiso explicar qué pasó.

Lloro por la vida mía que, aunque muchas veces no la entiendo, la lloro para mostrarle que antes de volver a florecer, pasaré por todas las estaciones, por los brazos de aquellos que no saben amar y por esos caminos tan raros pero que, sin duda, me enseñarán lo que está bien y lo que está mal.

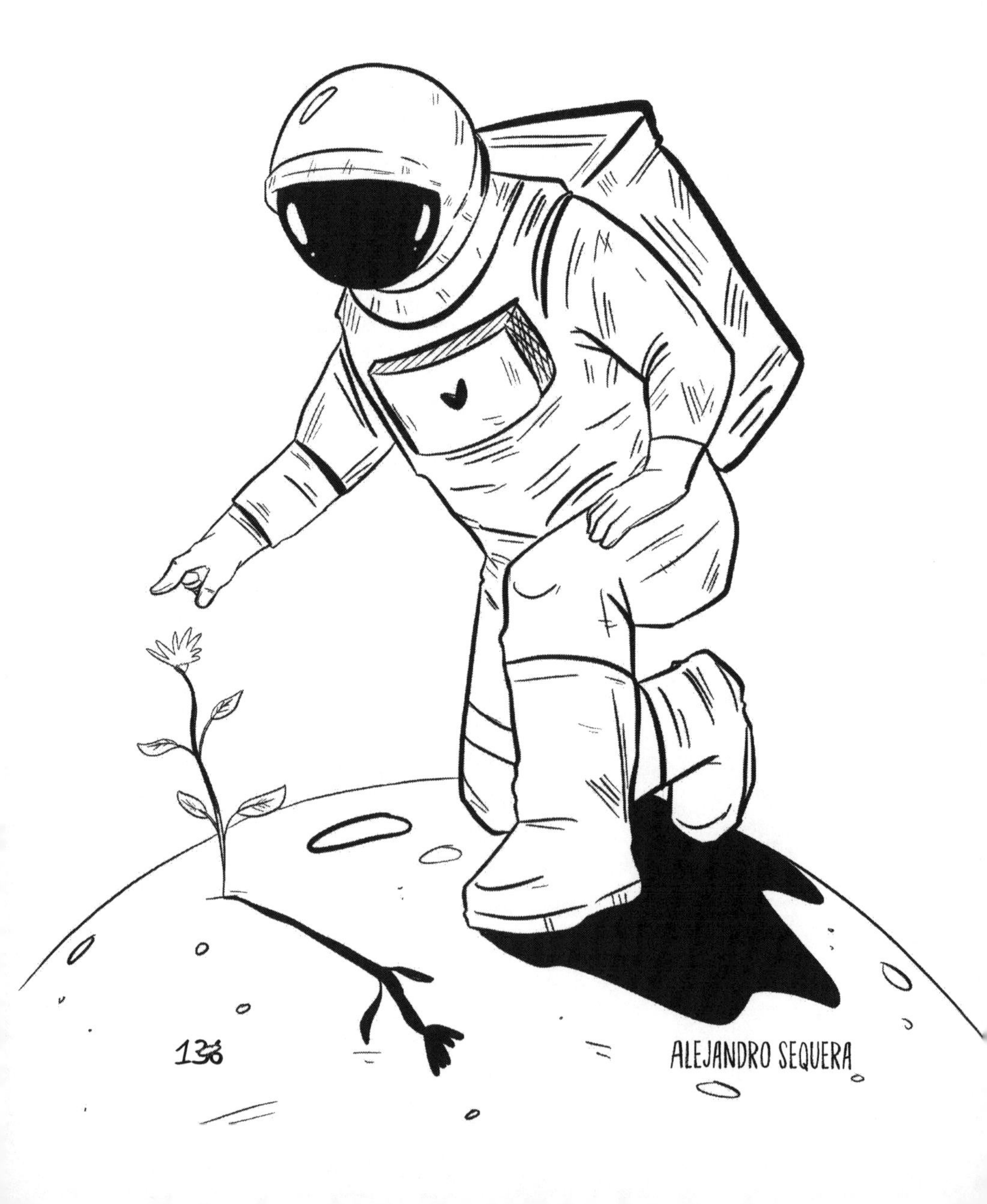

LLORO PARA CURAR MI ALMA,
LLORO PARA PERDONAR,
LLORO PARA VOLVER A
ABRAZAR CON PASIÓN
Y LLORO PORQUE NO
QUIERO CONVERTIRME EN UNA PIEDRA.

Triunfos de la vida

Triunfar en la vida no solo es sonreír, es poder levantarte de tu cama con buen pie, es poder conocer la bondad de algunos en tus días malos, es saber levantarte después de una tremenda caída.

Triunfar en la vida no solo es llenarte los bolsillos de dinero y presumirlo, es saber superarte, y cuando te mires al espejo, admirarte por la valentía que tuviste al salir de la oscuridad donde dormías, es poder ayudar a quien más lo necesita incluso con tu compañía.

Es irte de viaje, pero no para escapar, sino para descansar y conocer, conectarte con la madre tierra y dar gracias por todo lo que has logrado. Es sentirte pleno contigo y con otros, es mantenerte sobre tus bases y no humillar a los demás.

Triunfar es saber conquistar esta vida y para el día que tengas que irte de este plano no sentir que te faltó algo por hacer. Vive sin pensar en los errores del ayer, vive tu presente y asegúrate de convertirte en la persona que siempre quisiste ser.

Almas enlazadas

¿Alguna vez te has preguntado lo real que puede ser la conexión con alguien? Yo sí, siempre lo he pensado, me parece extraordinario la manera en cómo conectamos con alguien que nunca pensamos conocer como por arte de magia.

Fue bonito mirarnos aquella vez y luego, convivir.
Fue bonito todo lo que pasamos juntos,
lo divertido de nuestras bromas
y cómo soñamos un futuro juntos.

Fue bonito mientras duró, y puede que ahora no estemos enfocados, o tal vez nuestros destinos ya no se crucen nuevamente.

Pero algo fuimos,
estamos enlazados,
nuestras almas se unieron y
en el «para siempre» nos quedamos.

Por ahora, mantén la calma, deja que la serenidad arregle el desastre que has causado.

Ya habrá con quien te conectes de verdad, ya llegará alguien que te enseñará que siempre existe una mejor manera de volver a comenzar.

Volvemos al infinito

No sé dónde quede o cuál es el camino que podríamos tomar, pero si te quedas conmigo te juro que lo vamos a encontrar. Nos mantendremos unidos y al mismo tiempo seremos libres, olvidaremos esas heridas que no nos dejaban vivir, olvidaremos aquellos que prometieron amarnos y nos soltaron, el cielo dará paso a un nuevo amanecer, uno mejor, uno más bonito.

Volaremos en nuestro propio mundo y cuando sintamos miedo, ahí estaremos para aferrarnos uno al otro y querernos.

Sigo aquí, con esa manía queriendo hacerla realidad, con esas ganas de amar, prometer y hacer cumplir mis palabras, sigo aquí a solas en mi habitación, con el otro lado de mi cama vacío escribiéndole a alguien que todavía no llega, pero sé que ya viene en camino y que yo, ya me encuentro rumbo a sus brazos.

Volaremos hacia el infinito y yo con un par de rosas para entregárselas, para que ahí en ese lugar creado para los dos, nuestras sonrisas se fusionen convirtiéndose en el arcoíris más bonito que podrían ver.

No te apresures,
deshazte de tus viejas promesas,
olvídate de aquel que ya te olvidó
y deja que cupido haga su trabajo.

No te apresures,
mientras el amor de tu vida llegue,
asegúrate de estar bien para que
lo sepas recibir como se debe.

No te apresures, ve con calma
que todavía tu vida aquí no acaba.

Espirituales

Me gusta creer que podríamos convertirnos en mejores personas cada día, no esperar que una mala racha nos derrote o que una enfermedad nos haga pensar en el tiempo restante que nos queda aquí para comenzar a vivir.

Me gusta pensar en lo mágicos que podemos ser por las mañanas, reiniciarse otra vez y tener más fuerzas que ayer, me gusta creer que podemos llegar al punto de saber apreciar y comprender a otros, saber entender a ese que sigue cayéndose y no logra mantenerse de pie, no abandonarlo a su suerte y decirle que todo estará bien.

Los abrazos pueden curar el alma, hacerse presente cambia la manera de pensar de una persona que ya no cree en nada. Te digo todo esto porque lo viví de cerca, cuando mi madre enfermó vi cómo se iba apagando lentamente como un foco, vi en sus ojos tristeza y desesperanza y aunque luché por mantenerla de pie y conmigo, no fue suficiente. La noche que cerró sus ojos para siempre y su corazón dejó de latir me sentí derrotado, sentí que una marea cayó sobre mí arrastrándome a un lugar desconocido.

Por muchos meses lo intenté, así lo miré, solo quería una cosa, que permaneciera conmigo. Todas esas batallas en su alma la derrotaron, o su tiempo aquí había finalizado, pero sé muy bien que sintió el abandono de muchas personas y que yo, por más que me aferré y quería atarla a este plano, no lo logré.

Ya me perdoné por lo culpable que me sentí al creer que no fui capaz de hacer más por ella, por no darle parte de mis días para que se quedara. Ahora vivo sin mirar al pasado, pero la mantengo presente todos los días para no olvidarla nunca. Por eso digo, podemos ser mejores personas y hacer de nuestra espiritualidad la mejor virtud en nosotros. Abandonar el egoísmo y darle paso a la bondad.

Quizás unos cuantos abrazos podrían curarnos hasta de la peor depresión, quizás quedarnos al lado de alguien que sufre, podría salvarlo.

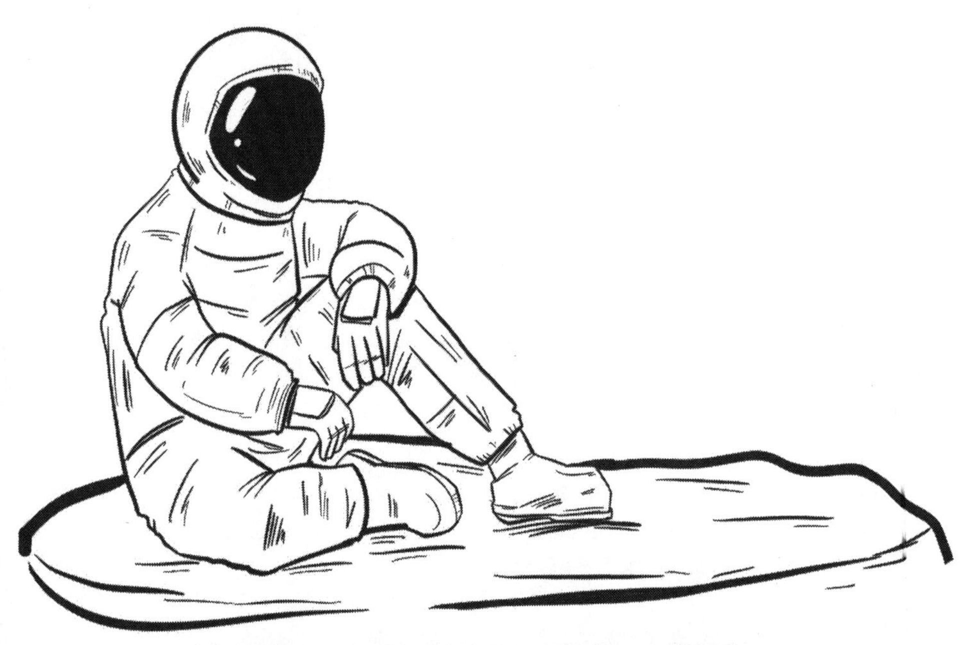

¡TE PROMETO QUE LO HARÉ BIEN!

AMOR ES VER, ESCUCHAR
Y QUEDARNOS CON ESA PERSONA QUE SUFRE,
ES PONERNOS EN SUS ZAPATOS Y DECIRLE QUE
ESTAMOS AHÍ, QUE NO LA VAMOS A SOLTAR.

El último café sin ti

Intento recordar esos últimos días de risas e historias, intento mirarme ahí nuevamente donde la tranquilidad estaba a mi lado y no sentía miedo. Hoy andando en bicicleta pensé en los últimos aromas de tu vida y todos esos deseos que se guardaron con las estrellas.

Entre el punto de partida y el final de todo, no logré recordar esa última tarde de café y esas pláticas agradables entre los dos. Debo confesar que quisiera devolver el tiempo para revivirlo y guardarlo en lo más profundo de mi corazón.

Pero solo diré que, en mis sueños sigues latente, cuando despierto por las mañanas, preparo mi café como a ti te gustaba, expreso, y lo disfruto como si tú aún estuvieses en tu habitación.

Lo siento si no fui yo quien preparó tu último café, lo siento si no estuvo como te gustaba, lo siento si tu paladar no pudo regocijarse.

Una fotografía de ti en mi habitación es todo lo que tengo, con ella apaciguo la tristeza de mi existir en este viaje a solas, acostumbrarme a una vida donde la mesa quedó vacía por completo y la casa me ha quedado gigante, fue un reto.

En esta nueva historia siento ser el mejor guerrero y mis alas comienzan a abrirse con esa fortaleza que tú con tu amor, a través de tu ausencia, me otorgas.

Gracias, má

¡DE ALGUNA
MANERA,
TÚ SIGUES
ESTANDO
CONMIGO!

OJALÁ PUDIERA VER EL CAMINO QUE ME LLEVARÁ DE VUELTA A TI, OJALÁ PUDIERA ESCUCHARTE UNA VEZ MÁS,
DECIRTE LO MUCHO QUE TE EXTRAÑO
Y PROMETERTE QUE ESTARÉ BIEN.

Por las calles de Nueva York

Me miro ahí, en la lejanía de mis días
y la ternura de mis años por esta vida.
Las calles de Nueva York me esperan
y las de París, también.

Venecia me tiene guardada una linda mesa
y Ámsterdam los más bonitos atardeceres que viviré.

Los Ángeles me llama por telepatía
y esa amiga, que me espera con ansias,
ya hasta le pide al universo
que me otorgue ese favor.

Por ahora, descanso y mantengo la calma,
pido deseos a las estrellas porque creo en la magia,
por las noches miro al cielo mirándome ahí,
lejos, muy lejos de todo, donde no tendré
tiempo para pensar en mi pasado,
ni en aquellos momentos
en los que se me apagó el corazón.

Las calles de Nueva York me esperan,
las de París también.

Olvidar

No quiero olvidar el sonido del mar,
ni el de los árboles cuando el viento sopla.

No quiero olvidar a aquel que se quedó y me cuidó,
ni los caminos que me llevaron a ser libre.

No quiero olvidar las madrugadas donde lloré,
ni las mañanas donde desperté sintiéndome diferente.

No quiero olvidarme de mí,
ni abandonar mis sueños por culpa del miedo.

No quiero olvidar mis mejores días,
tampoco los peores,
no quiero olvidar mis caídas,
ni las veces que me sentí en el cielo.

No quiero olvidar mi primer viaje en avión
y tampoco mi primer beso.

No quiero olvidar mis promesas,
ni todas las que ya me cumplí.

No quiero olvidar mi primer triunfo
ni las derrotas que me enseñaron a continuar.

No quiero olvidar lo que pienso del amor,
ni la grandeza del universo.

No quiero olvidar lo valiente que he sido,
ni la fe que le sigo teniendo a la vida.

Ser contigo

Ni un puñado de palabras,
ni un libro completo podrá describir
lo mucho que te echo de menos.

Los abrazos que seguimos guardando
y los días que se siguen sumando a este calendario,
nos miran ahí, pero nosotros todavía no.

No existe el verdadero significado en algún diccionario
que pueda explicar el amor que siento por ti.

Todo esto es verdadero, sigo mirándonos ahí,
juntos en un futuro incierto,
pero tomados de las manos.

Tal vez ya te fuiste de mi vida y yo todavía no lo sé,
pero cuando sueño contigo,
es tan real que me da miedo despertar.

Querido yo:

Los días tristes nos han enseñado lo frágil que podemos ser, en ellos hemos descubierto lo fuerte que somos gracias a esa persona que, sin pedirlo, se queda a nuestro lado.

Estaremos bien a pesar de las noches de silencio y de mucho miedo.

¡No quiero
que sigas en
lo mismo de
siempre,
es momento
de que te
tomes en serio
tu felicidad!

Almas gemelas, pero con amigos

Lo más bonito de levantarme tras esa séptima caída, fue encontrarme contigo.

Cuando ya no quería seguir creyendo en nada ni nadie, apareciste tú, eres de esas personas que llegan para dar verdaderas lecciones, más allá de hacerme reír o decirme que todo estará bien, decidiste acompañarme, cuidarme, brindarme no solo tu amistad, sino ese amor completo que muy pocos saben ofrecer.

Una tarde al azar, una caminata sin pasos apresurados.

Una pequeña mirada hacia el cielo intentando encontrarlo todo.

Días de sol intensos y siempre, pero siempre, llega alguien con quien disfrutar hasta los pequeños detalles que el universo nos regala.

Pero se aprende, por algo estamos aquí, en el camino he encontrado buenos amigos.

Carta para los que tienen miedo

A veces creemos que ya no podremos, que levantarnos de la cama no servirá de nada. A veces el miedo persiste, la ansiedad vuelve a atacar y temo por mi estabilidad. Ya no sé cuántas veces me he sentido así, en días como estos o madrugadas sin aciertos dudo del amor que algunos sienten por mí.

Quizás estoy cayendo de nuevo y no he logrado despertar de esta pesadilla, pero me gusta creer que por la mañana todo será como cuando las preocupaciones no formaban parte de mí.

No quiero envejecer cargado de falsas promesas y cientos de miedos que me causarán una joroba, no quiero pasar el resto de mis años buscando acertijos y atajos para intentar ganarle la carrera al tiempo, quiero envejecer con dignidad, quiero evitar el odio y dejar que el dolor sane a su manera y cuando los días se tornen grises entenderé que también son mis días y que todo está bien.

De ahora en adelante cuando alguien salga de mi vida, sabré decirle adiós y no me aferraré, no quiero ir tras de nadie que se fue y no pensó en el dolor que me causaría.

Cuando sienta que mi cama y mi habitación son demasiado grandes para mí, comprenderé que si la vida no me ha enviado a alguien no dejaré entrar a nadie para llenar mis vacíos.

Cuando los problemas quieran jugar conmigo y no me dejen descansar, mantendré la calma y creeré estar escalando una montaña, así sabré que por más difícil que sea la situación cuando yo esté en la cima, será mi decisión el momento de descender.

Hemos aprendido a perdonar, más por nosotros, querido yo. ¿Recuerdas las veces que lloramos por la madrugada queriendo un abrazo? Hoy estamos aquí, con la cobija y las almohadas listas para descansar. Es que al final, querido yo, de alguna manera encontraremos la forma de sanar.

Depende de ti

Una copa de vino y quizás algún buen libro, sentimientos encontrados cuando el color de las nubes por la tarde se torna naranja.

Un corazón y cuerpo serenos... nada que temer, pies reposados y manos tranquilas sin ganas de querer coger otras.

Una que otra palabra cruzada con un desconocido, pero nada que ver, no se requiere tal compañía.

Las aves que sobrevuelan la inmensidad y el ruido de la ciudad que hacen eco hacia todas las direcciones, transforman ese momento de la vida donde se siente un poco rara, pero te gusta y demasiado.

Tal vez te preguntes cuántas personas antes de ti se han sentado en esa banca donde estás, o cuántos han caminado por esa misma avenida donde hace pocos minutos transitaste.

Pero no se trata de quién fue antes de ti y tampoco después, se trata de cómo tú miras todo cuando las preguntas comienzan a surgir, cuando no puedes dormir, cuando añoras, cuando quieres cambiar tu realidad y no puedes.

Pero depende de ti cómo acabas tu día cada noche, depende de ti si quieres volver a sentarte en esa misma banca con un trago de vino, algún buen libro y tal vez... solo tal vez, alguna compañía.

Los días pasan, y con ellos,
voy aprendiendo cada vez más
que la vida es una sola.

Flores para un largo viaje

Ante la adversidad y la grandeza de tus días aquí, ante las tormentas superadas y las canciones que calmaron los gritos de tu alma, ante aquellos abrazos que te recordaron la hermosa persona que eres y los sueños por las noches que te erizaron la piel, todo fue bueno.

No hablemos de que irte sería muy apresurado o un plan de locos, no hablemos de las veces que cerraste la puerta de tu habitación y no quisiste hablar durante muchos días, lo he pensado demasiado y es que aquellos que logramos despertar por las mañanas somos afortunados.

El viaje hacia la eternidad debería estar acompañado con un puñado de flores para lo que sigue después, esa transición a la libertad tiene que valer la pena. Pétalo por pétalo en el camino para no perderlo de vista y que, en ellos, todos los recuerdos de tus días vibren ahí, tal vez así nunca olvides la persona que fuiste.

No hablemos de los errores, de los gritos y de las palabras que dolieron, no hablemos de traición y celos, tampoco de las miradas llenas de odio y las groserías expresadas sin sentido. Es que al final, todos vamos a ese mismo viaje y solo me gustaría que, en verdad, no doliera.

La vida no se basa
en ir de la mano
con alguien para
sentir que existimos.

La vida se basa en que reconozcas la increíble persona que eres y que nunca le des el poder a alguien de apagar tu sonrisa.

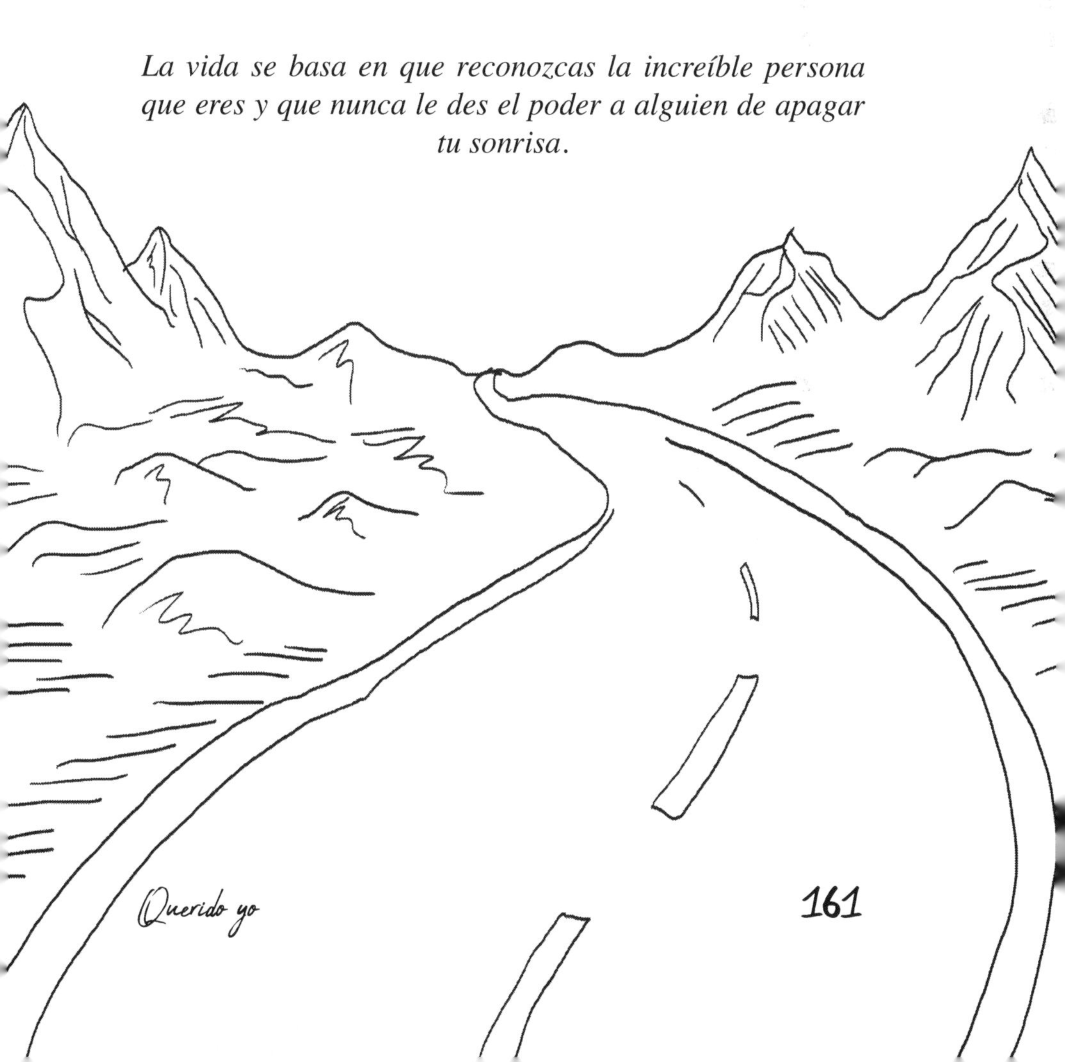

Vitalidad

Me he levantado, como todos los días, y necesito saber qué haré hoy. Me cuestiono un poco, el frío sigue adormeciendo mi cuerpo y siento que no puedo hacer más por mí, más que estar aquí y ordenar las piezas del rompecabezas.

Quisiera estar sobre la arena de la playa, escuchar el sonido de las olas y las gaviotas cerca de mí, quisiera sentarme sobre alguna roca y de frente tener la montaña más grande del mundo y sentirme intimidado por ella.

Me gustaría estar en medio del desierto, contar todas las estrellas que sean posibles y a cada una pedirle un deseo, quiero tantas cosas a la vez que no sé por dónde comenzar, pero por ahora, debo conformarme con la comodidad de mi cama y dar gracias porque esta noche podré descansar.

Quiero que no lo olvides, habrá más días para seguir intentándolo, más días para fijarnos en los pequeños detalles, pulir nuestras alas y decirles sí a las aventuras que se avecinan. Habrá más días para mirar lo azul del cielo y sonreír como si el mañana no existiera.

Si te hablo de vitalidad, siento que la poseo, todavía puedo respirar, puedo ver y tocarlo todo con mis dedos, todavía puedo sentir el agua sobre mi cuerpo y puedo escuchar los sonidos de la noche cuando llueve.

A veces,
solo necesito un pequeño
descanso y que nadie
pregunte por mí.

A veces quiero ser solo yo
y arreglar mi desastre,
a veces solo quiero quedarme en casa
y ni siquiera mirar la puesta de sol.

A veces solo quiero estar
aquí sin pensar qué haré mañana.

A veces me gustaría quedarme
tranquilo y dejar que las cosas fluyan,
que las preocupaciones no me sigan agotando.

Entiendo si te aturde que hable mucho
del miedo, pero es que se presenta
cada vez que puede,
cada vez que vuelvo a sonreír,
cada vez que todo está bien,
porque sé que él quiere que
me sienta inseguro otra vez,
porque sé que si le permito
que decida por mí, me aplastará.

Sanación

Creo que la mejor manera de alcanzar
el amor propio es no perderlo de vista,
hacer a un lado las suposiciones absurdas
y dejar de temerle tanto al futuro.

Si consideras irte lejos por un tiempo para sanar,
espero sepas aprovechar esa oportunidad,
los nuevos lugares donde creamos mejores momentos
sí ayudan y muchísimo. No se trata de huir, se trata
de que cuando regreses, te sientas una mejor persona.

Para volver a darle color a tus días,
tienes que permitir que tus heridas sanen,
no continuar sintiéndote en la nada
y no convertir la monotonía
en un estilo de vida.

Me gustaría verte soltar la inseguridad,
depurar tu mente, dejar de sentirte un cero
a la izquierda y continuar en la deriva por gusto.

NO SIGAS PROCRASTINANDO.

TODAVÍA QUEDA MUCHO POR APRENDER,
POR ALGO SEGUIMOS AQUÍ. ¿NO CREES?
HACE RATO DEJASTE DE ESTAR
EN ALTA MAR.

¡vamos a soltar
los nudos que no
nos permiten seguir!

Rompecabezas del destino

Quizás nuestro encuentro estaba prohibido y retamos al tiempo, al destino y jugamos como niños con nuestros sentimientos.

No quise parar cuando te besé por primera vez, los nervios me retorcían las entrañas, me concedías esa seguridad que por tanto tiempo busqué.

Te deslizabas sobre mi cuerpo en esa habitación oscura que hace rato buscaba dos amantes.

Pero nos ganó la ineptitud y dejamos de soportarnos, disfrazábamos nuestra falta de querer y esa misma habitación la dejamos en el abandono.

De repente pareciera que nuestras voces siguieran ahí presentes como si fuéramos eternos. Nos dejamos llevar y creímos que podríamos resolverlo todo, ya no sé si en verdad encajamos.

No sé si eras la última pieza que me faltaba o si decirte demasiado lo que sentía te espantó.

Pero ahora que te has ido, no quiero hacer demasiadas preguntas, ya no quiero pasar toda la mañana esperando la noche para irme a dormir.

Tu ausencia ya no me causa ansiedad y he dejado de mirar por la ventana con la esperanza de verte pasar. Ya no quiero que la vida se me vaya esperándote.

Sé que lo extrañas, sé que quieres preguntarle lo mismo, pero ahora estás en un momento de tu vida donde volver a tomar lo que soltaste no tendría sentido. Deja de creer que algo extraño pasará y regresará, el amor no es un boleto de autobús y si esa persona se bajó en la última parada que hicieron, ya no hay nada que hacer.

Los destinos son inciertos, algunos se cruzan por pequeños instantes y a veces, no significan nada, no sigas aferrándote a un recuerdo que ya caducó, déjalo todo como está y continúa tú con tus pasos.

Todavía no es el final de esta historia, de lo que realmente eres en este plano, cuando comienzas a pensar demasiado en tontas posibilidades, te olvidas de tus propósitos y de lo que quieres alcanzar.

No quiero que sigas silenciando tu canción favorita para no pensar, no quiero que sigas creyendo que no tienes un lugar en este mundo, yo ya no quiero que sientas que las noches son estúpidas cuando lloras, incluso no quiero que pienses que estar un rato a solas es un castigo. Solo quiero que te sientas bien, sin decirte tantas cosas para no aturdirte, darte un abrazo si lo necesitas y prometerte que siempre estaré.

NO LO DIRÉ SOLO POR DECIRLO, YO SIEMPRE QUERRÉ ESTAR SÍ TÚ QUIERES QUE LO ESTÉ, PERO NO QUIERO QUE SIGAS PENSANDO QUE EL AYER TE DEBE UN FAVOR.

Te quiero hoy, y para siempre

Para cuando llegues y te quedes en mi vida:
Será muy breve lo que diré,
pero cuando no puedo dormir,
me pregunto por qué
no habías llegado antes a mi vida,
si nuestro tiempo estaba establecido
o yo estaba demasiado distraído
intentando quedarme con alguien
que no me amaba.

Quiero hablarte ahora, despertarte
y decirte lo mucho que te quiero,
porque me aterra que de repente te vayas.

Te quiero aquí, conmigo,
que juntos miremos la historia
que estamos creando
y disfrutarnos como si mañana
el mundo se acabara.
Te quiero ver y saber que, a tu lado,
todo será mejor.

Ya no quiero buscarte en el reflejo de la noche,
ya no necesito inventar en mi mente
y en mis cuadernos
que algún día llegarás, ya estás aquí
y el simple hecho de saber que
todo esto está pasando,
me entusiasma, me pone nervioso
y me alivia las penas.

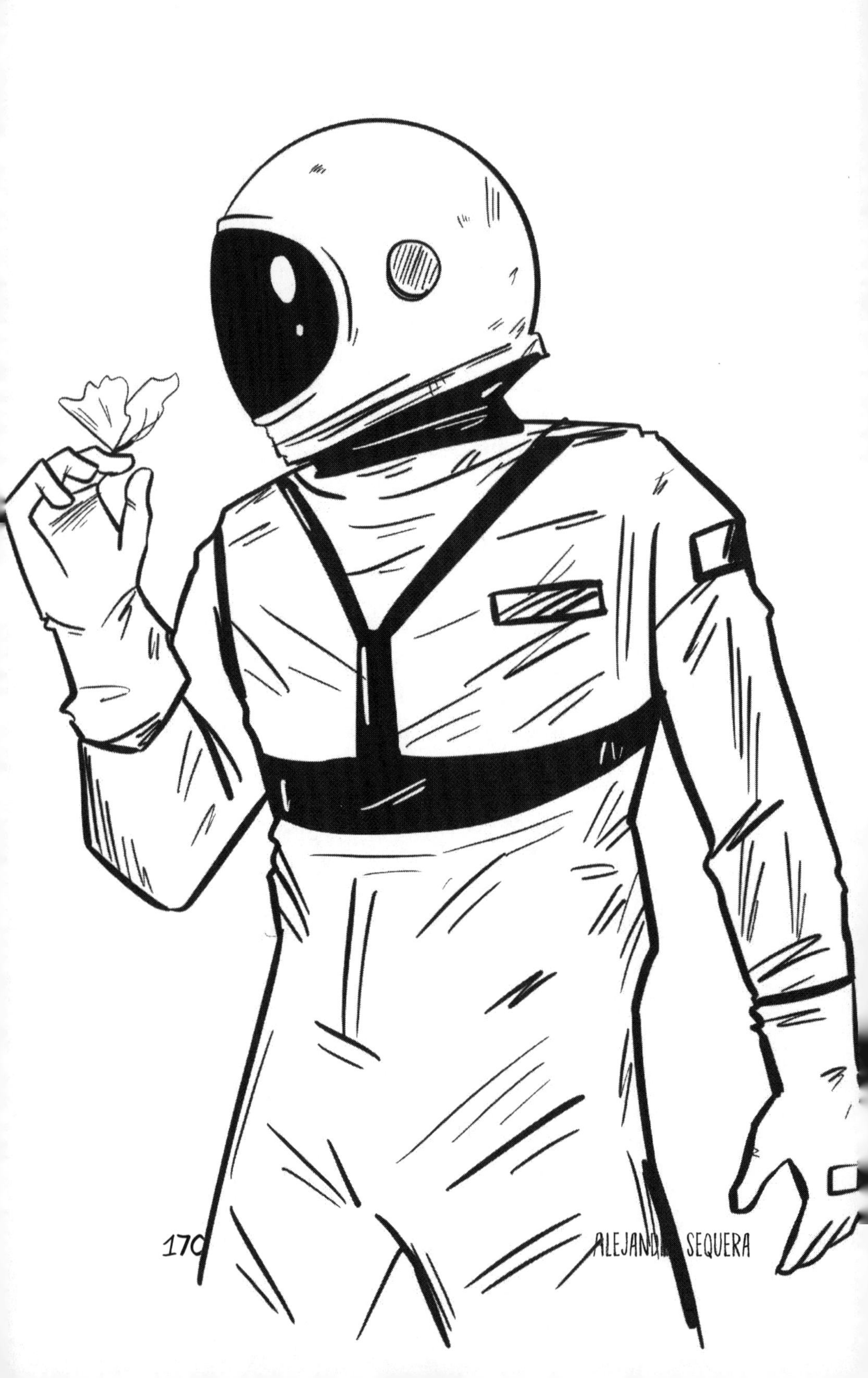

Danzando con la vida

No quiero jurar que esta será la última vez que caeré porque cuando siento que estoy en la cima, pierdo el control de mi vuelo. No quiero seguir soportando la burla de mis miedos cuando doy un paso más y me reta, no quiero apagar esa luz que se mantiene ahí, latente, conmigo, ella es la única que se queda cuando todos se van.

No quiero caer al fondo, no quiero llenarme de ego y que mi voz se apague por ingenuo. Quiero vivir, quiero estar aquí para continuar superando todos los retos, no quiero desvariar ante nadie y que después cuestione mi estabilidad.

Estoy aquí y necesito que me veas, necesito que no me sueltes de la mano porque tengo que reconocer que no todo el tiempo soy yo el que es fuerte, soy tan frágil como un jarrón, tan frágil como una hoja seca, tan frágil como el pétalo de una rosa acosada por el viento.

Yo quiero seguir esperando los próximos atardeceres y los veranos para irme al río más cercano, quiero esperar el invierno y recordar a mi madre cuando me preparaba una taza de café caliente. Quiero quedarme para encender las velas en navidad, y mientras espero el año nuevo, escribir mi lista de deseos.

Así soy yo, me gusta despertar a diario con la idea de que, en algún momento, mi vida seguirá escalando cada vez más.

Supongo que si seguimos aquí
es porque estamos ganando todas las batallas.
Que somos fuertes y aquellos días de dudas
están quedando en el olvido.

Lamento si hay algunas contradicciones,
es que a veces pasa que, por necios,
miramos por la ventana al pasado.

Always in my mind

Ni siquiera cuando estoy sereno,
puedo ocultar cuanto te extraño,
los recuerdos me invaden,
es como abrir el libro de mi vida
y en todas las páginas te encuentras tú.

Te sigues presentando en mis pensamientos,
así es como creo que te manifiestas
para decirme que lo estoy haciendo bien
y que sigues aquí.

Es difícil sonreír cuando pienso en ti y no estás,
siento que mientras pasa el tiempo,
más te pierdo de vista.

Traerte de vuelta me devolvería
esa parte que te llevaste
y más que eso, cuando vuelva a dormir,
me sentiré como cuando estabas conmigo.

¿Hasta dónde tengo que llegar
para encontrarte y traerte de vuelta a casa?
Pero sé que sería muy egoísta interrumpir
tu descanso eterno
solo porque yo te necesito aquí.

CONSEJO DE LA MADRUGADA:

4:22 am

Si perdiste a un ser amado, esa persona que representa para ti el amor y la vida, quiero expresarte todo mi cariño y mi apoyo. Ellos siguen con nosotros y este escrito ha nacido por el sentir de mi ser. Mi madre se marchó un viernes por la noche y cada viernes la sigo esperando, sigo creyendo que de pronto podría encontrarla nuevamente en su habitación.

Escribo porque es mi manera de sanar y te entrego mis palabras porque juntos podremos salir de todos los trances oscuros. Hay ausencias que enseñan que debemos seguir de pie y mantenernos fuertes, nadie nos da el manual de la vida para saber cómo vivirla, nadie nos dice qué hacer cuando caemos; nosotros somos los únicos capaces de estabilizar nuestras emociones y seguir.

No quiero que pienses que este libro es para seguir aferrándonos, no. Con él quiero enseñarte que estaremos bien, que todo tu esfuerzo valdrá la pena, que eso que tú intentas sin parar tendrá resultado y de no tenerlo, no quiero que desistas.

Habrá muchísimas caídas antes de llegar a la meta, amores que se perderán y muchos otros serán de mentiras. Seres amados que tendrán que dejarnos sin ellos querer y toda una vida seguirá para nosotros, no sé en qué parte de tu día estás leyendo esto, solo espero que mis palabras lleguen a lo más profundo de ti y puedas sentirlas y aliviarte.

Yo no sé cuánto más nos falta por vivir, pero estoy seguro que lo que sigue no puede ser tan malo y tan obvio. Estamos destinados a cambiarlo todo porque hemos renacido tantas veces que ya ni siquiera un golpe más nos podría tumbar. Convirtamos las temporadas de tristezas en razones para seguir de pie.

A veces solo hay que sacudirnos un poco

Un abrazo sincero y cargado de amor,
que me recuerde todo lo que valgo
y lo importante que soy.

Sacudirme las penas,
cargarme de esperanza
y dejarme guiar por el destino.
No pelear sin razón alguna,
no atormentarme,
no dejar que mi amor se apague.

Ya no quiero preocuparme por todo,
quiero disfrutar cada día, mantener la ilusión
y dejarme llevar por la tranquilidad del destino.

Ya no necesito sentirme vacío
para entender que algo debo hacer.

No quiero esperar demasiado tiempo para cambiar las cosas, ahora cuando me siento incómodo conmigo mismo, sé que algo está pasando y algo debo hacer. A veces hay que sacudirnos muy fuerte para deshacernos de todo lo que no nos está permitiendo avanzar y muchas veces eso incluye personas que ya no están en nuestra misma frecuencia.

Querido yo:

La vida no es un contrato
que debes cumplirle a alguien.

La vida es un viaje que
debes vivir para aprender y
crecer.

No lo transformes en un caos
solo porque algo ha salido mal.

¡CALMA!

Un día más

No perdamos el control,
mantengamos la frente en alto cuando caminemos.

No dejemos que el mal tiempo nos derrote
y no permitamos que un desamor nos desintegre.

Cuando quieras continuar,
hazlo que yo estaré tras de ti.
«Todo va a estar bien», te diré.
No te dejaré caer, ni que vayas tan rápido,
si sientes frío, te abrazaré.

Mientras caminemos te escucharé,
tu historia vale la pena y lo que tengas que decir,
por mucho que duela, hay que liberarlo.

Y cuando el momento de decirnos adiós llegue,
te daré las gracias por haberme salvado.

Algo estuvo por pasar

Cuando las tragedias se avecinan, el sol se desvanece y los pájaros se marchan para buscar refugio. No sé si estoy loco por decirlo de esta manera, pero he empezado a creerlo, así como cuando llueve, creo que el universo busca limpiar la tierra de tanta mierda.

Me miro al espejo, tras de mí está mi gato que nunca deja de seguirme, no sé si es mi ángel guardián o es mi acosador personal. Intento mantener la calma, estoy desvelado y obstinado, semanas atrás mi mejor amiga intentó suicidarse, y desde entonces tengo pesadillas.

En el sueño la miré dentro de un cajón, me aterra pensar que eso llegue a pasar repentinamente, me congelé sin dejar de verla a través del cristal, todo se oscureció, sus párpados se abrieron y sus ojos se hundieron demostrando un terror infinito. Desperté temblando en medio de la madrugada sin entender qué pasaba, mi gato estaba encima de mí, todo se sentía pesado como si algo dentro de mi habitación estuviese vagando.

Creo demasiado en eso de que los sueños intentan decirnos o advertirnos de algo, pero esa situación no lograba entenderla, por qué un sueño que se sintió real me tenía temblando de miedo, eso me hizo recordar mi etapa vulnerable, cuando la debilidad se apoderaba de mí y solía tener muchas pesadillas. Cosas que me sucedían por necio, por no creerme capaz de ser feliz, siempre he creído que cuando menos nos queremos, más demonios se acercan a nosotros para apoderarse de nuestra bondad.

—¿Te imaginas cuánta gente hay así, con problemas que no logran resolver? —me pregunté; por las mañanas suelo hablar conmigo mismo.
—Millones de personas en el mundo en este momento se sienten solas, destruidas y sin ganas de hablar con nadie —me respondí, mientras me cepillaba.
—Lo sé, no olvides que tú en algún momento te sentiste así. —Detengo el cepillado y me miro al espejo—. A todos nos ha pasado.
—Sí, lo sé, fueron los momentos en los que llegué a pensar que mi existencia no tenía ningún sentido, pero deshacernos de esos pensamientos toma su tiempo —refuté.
—Tu amiga estará bien, ha tenido otra oportunidad en la que estoy seguro de que saldrá de todo eso y tú estarás ahí para apoyarla.
—Más que otra oportunidad, su misión aquí no ha terminado. Lo creo así. —Termino de cepillar mis dientes, lavo mi cara y prosigo—: y sí, yo estaré ahí para apoyarla en todo lo que necesite.
—Te doy la razón, es hora de prestarle más atención. Mucha gente quiere ser escuchada por las personas correctas, aquellas que sabrán qué decir y cómo lidiar con situaciones así. —Tomo mi toalla para secarme la cara.
—A mí nadie me escuchó, lo recuerdo, pero no guardo rencor, el primer paso es perdonar y yo me perdoné por el poco amor que me tenía —me contesté, mientras termino de secar mi cara.
—En aquel entonces no tenías los buenos amigos que tienes ahora, ni la fuerza ni la voluntad que adquiriste.
—Mi gato seguía tras de mí, él maullaba como si quisiera decirme algo, pero lo ignoré.
—¡Sí! A eso iba —interrumpí—. Nunca dejas que termine de hablar y mi gato pensará que estoy loco —murmuré.

Luego de cepillarme, lavar mi cara y mantener esa

conversación conmigo acompañado de mi gato, terminé de arreglarme para salir a visitar a mi mejor amiga. Los últimos días la he visto más estable y sonriendo más, por voluntad propia aceptó ir al psicólogo y ha sido de gran ayuda en estos tiempos tan difíciles para ella.

La causa de su intento de suicidio fue por una depresión que venía arrastrando de hace mucho tiempo atrás, se sentía insegura de sí misma y creyó que la mejor manera de escapar de todo eso, era quitándose la vida.

Su familia también está asistiendo a terapia para lidiar con la situación, para todos ha sido bastante difícil procesar lo que ocurrió. La niña consentida de la casa, la que siempre querían ver bien, a la que le daban todo, realmente no era feliz. Nos conocimos en el colegio y desde entonces somos mejores amigos.

Me ha expresado su amor y agradece por tenerme, se disculpó miles de veces, pero yo la detuve, no quería que se sintiera mal, tampoco que sintiera que la de la culpa es ella, pero sí le aseguré que siempre seguiré a su lado y que sin importar cuántas veces caiga, yo estaré ahí para sostener su mano y levantarla. Le dije que en los momentos más oscuros de la vida se necesita un rayo de luz, de esperanza, de otra oportunidad y a veces eso te lo puede otorgar un buen amigo, y que ese sería yo.

—¿Qué haría yo sin ti? —me preguntó, mientras recorríamos los jardines de su casa.
—Creo que la pregunta sería... —Me detuve, tomé sus manos y la miré—: ¿qué haría yo sin ti? —pregunté.
—Tú has sido un gran pilar en mi vida, en serio —dijo, luego se abalanzó hacia mí y me abrazó.
—¿Prometes no hacerlo más? —murmuré en su oído—.

Me da miedo que vuelvas a recaer.
—Tranquilo, no volverá a pasar. Esta última semana todo ha sido muy bonito. —En ese momento ella tomó una de las flores y continuó—: he aprendido la lección, me siento querida, siempre me han querido, solo que no sabía cómo ver todo ese amor.
—¡Qué bueno que lo veas así! Me siento orgulloso de ti —le respondí.
—Prometo no hacerlo más. —Tras eso, me invitó a pasar el resto del día con ella.

Me gusta rodearme de personas empáticas, capaces de apoyar y estar para aquel que lo necesita. Por ahí dicen que en algunas fiestas todos son tus amigos, pero en los momentos más difíciles, conoces a los que realmente lo son.

Mi mejor amiga luego de pasar semanas tras semanas en terapia y de recibir todo el apoyo de su familia, se arrebató la vida un viernes por la noche, sus padres habían salido, y sus hermanos se encontraban en casa de una tía, se los había llevado de vacaciones.

Su madre se sigue culpando por dejarla sola aquella noche, su padre todavía se pregunta qué hizo mal y por qué no fue el héroe en la vida de su hija. Yo sigo confundido por lo ocurrido, la felicidad que irradió mi mejor amiga aquella última tarde juntos me dejó tranquilo, esa misma semana me fui de viaje por compromisos laborares sin saber que al regresar, ella ya no estaría más.

Aquella última vez en su casa, nos abrazamos como nunca antes, reímos a carcajadas y recordamos nuestra niñez y cómo correteábamos por los pasillos del colegio.
Sin duda, la depresión es tan silenciosa y mentirosa que

acaba con cualquiera si así lo decide, todo marchaba bien, te lo juro que sí, desconocemos el estallido que ocasionó que ella tomara esa última decisión.

La despedimos con globos blancos y le gritamos: «Eres libre», en medio de canciones y miradas cargadas de tristeza el domingo por la mañana. Han pasado 8 años desde ese trágico suceso y la sigo manteniendo presente día a día, quise hacer más por ella, quisiera devolver el tiempo, pero a veces simplemente hay que aceptar que las cosas suceden así y que no podemos cambiarlas.

Ahora es libre, ya no hay culpa ni temor, radica en la inmensidad del universo y se presenta cada vez que puede a través de mis sueños. La última vez que la vi, corría por la playa, su cabello al igual que ella, indomables, la sonrisa de punta a punta me indicó que finalmente ella se había encontrado allá en ese lugar donde la gran mayoría teme ir porque les aterra lo desconocido.

Y con respecto a ese sueño tan tenebroso que tuve aquella vez, he llegado a la conclusión que era mi miedo expresándose por el temor de perderla.

SI DE VERDAD
QUIERES GANAR,
APRENDE
A SOLTAR LO
QUE YA NO
TE HACE FELIZ.

Querido yo:

Hay recuerdos que lastiman, pero eso no significa que volveremos a caer.

Te admiro por lo fuerte que has sido y por lo que has tenido que enfrentar en silencio y a solas.

PARTE 4

CRUCEMOS EL LABERINTO DEL MIEDO Y CONTINÚEMOS CON ESTE VIAJE.

NO VAS A RETROCEDER A LO MISMO,
AL LUGAR DONDE DEJASTE DE SER TÚ.
NO ERES LA MISMA PERSONA,
ESTÁS CAMBIANDO Y PARA MEJOR.
ACTUALMENTE ESTÁS ATRAVESANDO
LA METAMORFOSIS PARA CONVERTIRTE
EN LA MARIPOSA MÁS HERMOSA.
TUS ALAS ESTÁN POR ABRIR Y YA NO SERÁ
NECESARIO SEGUIR EN TIERRA,
DE ESTE LABERINTO SALDREMOS.

Siempre volverás

A los lugares donde radica la felicidad,
a la montaña que te enseñó a amar,
a los brazos que nunca te dijeron que no,
a la cama donde pudiste descansar.

Siempre volverás,
al riachuelo que se llevó tus miedos,
a la persona que te miró llorar y no te juzgó,
al anciano que te regaló los mejores consejos
y a tu abuela, que te obsequia
sus más sabios consejos.

Siempre volverás, a los libros que te abrazaron
cuando nadie lo hizo y a las canciones
que calmaron tu ansiedad,
a ese viejo amigo que parece ausente,
pero con un grito se hace presente.

Siempre volverás, a la niñez que parecía no acabar,
a los pequeños juegos de mesas que te hicieron reír,
a esos tristes recuerdos que te mostraron
la vulnerabilidad
y a los parques de tu ciudad.

Volveremos a ser,
volveremos a estar, y tal vez, solo tal vez
con un par de recuerdos
podamos resistir la añoranza
que nos acaricia en este momento.

Hay que soltar los rencores

Imagina ir por una calle a solas sin nadie a tu alrededor y sentir un poco de miedo porque te sientes vulnerable. Imagina estar en el desierto sin la compañía de nadie y sentir mucha sed, en la noche algunas estrellas te acompañarán y de suerte, la luna se aparecerá, pero solo por un momento.

Al cabo de un rato querrás tener a alguien con quien hablar, pero tu orgullo no te lo permitirá.

Cuando te mires en el espejo y te preguntes por qué tu realidad no te gusta, solo piensa en todas tus acciones, en las personas que se alejaron de ti y en aquellas que, aunque parezcan estar, dejaron de preguntarse cómo estás.

Que la soberbia no gane todas tus batallas, ni los rencores acumulados en tu corazón oscurezcan tu alma, si quieres aprender a perdonar para sanar, lo harás cuando realmente sientas que es hora de hacerlo y porque necesitas cerrar otro ciclo.

Y sí, nosotros también podemos ser el del problema, también podemos ser el que haya lastimado a esa persona que nos quiso mucho, no siempre tenemos que victimizarnos, debemos ponernos en el zapato de aquel que ha llorado por su tragedia y no logra encontrar la salida de ese infernal laberinto.

Hay que soltar, siempre hay que soltar cuando lo insostenible nos deteriore nuestra estabilidad. Hay que soltar todo aquello que sigue lastimando si queremos sanar por dentro.

No tengas miedo de sentir

Me voy a querer cuando todos se hayan ido y los mensajes de texto sigan en gris, me voy a querer cuando sienta que mi vida no va a ningún lado, me voy a querer para esos días cuando todo esté oscuro y ponga en duda mi capacidad para seguir, me voy a querer por las mañanas cuando no tenga idea de qué es lo primero que haré, y para cuando llegue la tarde, si sigo sintiéndome así, en la mierda, entonces me voy a querer el doble y buscaré la manera de poner en orden mis sentidos.

Podré salir de todos los enredos a los que por inercia caiga, aprenderé a escalar si es necesario, caminaré a pies descalzos si tengo que hacerlo, pero nunca más voy a quedarme esperando cambios que no surgirán por arte de magia.

Dejaré el egoísmo en el pasado y no miraré su sonrisa, ya no quiero descansar en los recuerdos de ayer y comenzaré a vivir mi presente con quien esté. Ya lo he ido entendiendo, a mi manera lo he hecho: *«El amor que siento por esta vida es quedarme sentado platicando con aquellos que están a gusto con mi presencia, ahí puedo sentir que, entre tantas tragedias vividas, ser feliz es cuestión de querer sentirlo, es cuestión de que uno se lo permita»*.

Cuando la vida se ponga un poco ruda, no me dejaré vencer, si la persona que más amé ya no está a mi lado y logré superar, entonces sé que de muchas más batallas ileso saldré.

No, no quiero recurrir a cualquier brazo por necesidad ni quiero apoyarme con aquel que no sepa estar, quiero mirarme al espejo y encontrar en mi mirada el siguiente camino que tomaré para romper el círculo que me ha mantenido ciego.

Que yo puedo y podré, a través del perdón y de esas ganas que me invaden por volar. Esta vida mía es solo una, no sé si tengo un par de ellas más, así que es momento de comenzar a disfrutarla.

Locura estacional

No tengo las siete vidas de un gato, ni la luz de las luciérnagas cuando todo se oscurece, no tengo el poder de los relámpagos, ni la magia de algunos libros que, desde la primera página, atrapan.

Pero estoy seguro de lo que yo poseo y lo que soy, lo que puedo ofrecer y todo lo que tengo que decir cuando me siento incómodo.

No poseo la dulzura de las cuerdas de una guitarra, ni las mejores historias ni los mejores sueños, todos aterran.

Lo que sí poseo es una locura innata que, desde siempre, me ha lanzado a aventurar como un chiquillo jugando en medio de la lluvia.

Quiero que me recuerden con amor, que terminen riéndose y digan lo loco que estoy.

No tenemos las siete vidas de un gato, solo una para querernos, y de descubrirlas, espero en todas ellas encontrarnos.

He recaído en un recuerdo

A TODOS NOS PASA

Lo único que te voy a pedir es que no sigas apareciendo en mi vida cuando menos te espero, cuando ya no te pienso y cuando ya he quitado de mis paredes las fotos de tu recuerdo.

No te sientas mal, ya curé la última herida que dejaste.

Necesito que vuelvas a donde estabas, que regreses a tu hogar al que yo ya no puedo entrar.

No tengo motivos para quedarme, ni para sentarme a tomar un café contigo, de nada sirve que me quieras responder esa nota que te entregué la última vez que te vi.

Las huellas que dejaste se desvanecieron cuando quise buscarte y traerte conmigo, pero nada volvió a pasar.

Cuando creí que nunca podría superarte, desperté.

Mi eufórica alma se deshizo de todo ese amor que alguna vez sentí por ti.

DE VERDAD,
HACE RATO
DEJÉ DE
ESPERARTE.
PERO....

SOLO ESPERO QUE,
EN TU UNIVERSO,
YO HAYA SIDO LA ESTRELLA
QUE MÁS BRILLÓ
Y LA QUE MÁS TE GUSTÓ.

Tú me provocas paz, friend

Te echo de menos cuando los miércoles por la noche no tengo nada que hacer, cierro mis ojos y nos miro ahí, en el balcón de la habitación de ese hotel donde nos vimos por última vez, el ruido de los carros en la principal avenida decoraba nuestra noche, y la inmensidad de la luna nos regalaba un par de botellas y un puñado de historias que, entre risas, nos mandó a dormir.

Siempre creí que nunca se podría encontrar a alguien que estuviese realmente loco y que, con su locura, le dé ese giro tan necesario a tu vida al punto de cuestionarte qué has estado haciendo desde entonces.

Así lo quiero mirar, así lo pienso esta madrugada donde la mayoría duerme y yo no dejo de pensar en la próxima vez que nos podremos ver y en ese abrazo que nos debemos y en el que nos sentiremos eternos.

LOS MEJORES AMIGOS
SÍ EXISTEN.
YO TENGO VARIOS.

Bendito sea el camino

No pensaré demasiado para decirlo:
Sé con quién puedo quedarme
cuando la tormenta llegue,
y después que pase caminaré,
miraré la luz del día y daré gracias
porque todavía seguiré vivo.

Recuerdo todas esas despedidas que dolieron,
esos viajes en autobús y los viernes por la tarde,
casi oscureciendo, caminando por avenidas
que no me pertenecían.

Alcancé volar en los brazos correctos,
me sentí protegido,
me sentí amado,
pudieron escucharme
y ya no hizo falta llorar.

No le tengo miedo a los nuevos comienzos,
que la flor de la esperanza nunca se aleje de mí
y que luche a mi lado por mi vida.

Cuando pienso en mi yo del ayer,
lo miro de lejos, a través de mi ventana y le sonrío.
No intento culparlo, ni decirle nada más,
ahora comprendo que uno en plena desidia florece.

Valoro y agradezco por quien me sonrió,
por quien caminó a mi lado sin preguntarme de más,
a quien se atrevió a luchar a pesar de tener encima,
los errores de historias sin final feliz.

Me gusta cuando se acercan a mí,
ya no vivo en la invisibilidad,
sé que me espera algo mejor,
alguien que endulce mis días y no los amargue.

Pienso que la casualidad nos espía y
nos une con las personas que, para el momento
que lleguen a nosotros, nos enseñarán que no hay
que ahogarnos en un vaso de agua.

Y si no es la casualidad, quizás sea el destino,
o la tristeza que nos convierte en seres con falta de amor,
o será el universo que por aburrimiento
nos hizo coincidir propósitos,
lo único que sé es que, cuando logramos
conectar con alguien,
sin importar el tiempo que haya pasado
hasta su llegada, uno siente que ha encontrado
algo muy valioso.

Hay demasiada verdad en aquel
que se va porque debe irse.

Hay demasiado terror en aquel que huye
y renuncia a todo.
Hay demasiada locura en aquel
que no le importa en absoluto lo
que otros piensan y son a esos
a los que les doy las gracias por aparecer
en mi vida, así de la nada,
con ellos me atreví a ser yo y todavía
sigo manteniendo el brillo
de cada una de sus miradas.

Cada noche te seguiré esperando

Aunque confunda mis sueños con la realidad y mis noches sean solo un instante para descansar, ojalá pudiera ser verdad verte entrar por la puerta de la casa.

Quiero olvidar el día que te fuiste, quiero olvidar la sensación de derrota y vacío que sentí en esa despedida que no quise aceptar.

Quisiera darlo todo para traerte de vuelta, quisiera conquistar la magia que se esconde en algún lugar, y con el amor que he ido guardando para ti, salvarte hasta en la otra vida.

Te seguiré esperando hasta que sea yo el que se vaya, hasta que sea yo quien te encuentre en la inmensidad de ese lugar donde el tiempo deja de transcurrir y el dolor se disipa.

Ya no quiero gritar, me cansé

Tengo que decirte que la tristeza, cuando aparece, me deja tumbado en la cama, me pone a pensar demasiado y mi existencia aquí la pongo en duda.

A veces vuelvo a recaer cuando estoy a solas en mi habitación.

A veces suelo dejarme llevar por los pensamientos negativos que invaden mi cabeza y ya se hizo costumbre sentirme así cuando de la nada echo de menos algunos buenos momentos.

No quiero que pienses que me quejo por placer, o que estoy lleno de rencor y por eso, me lees así, como si la verdadera realidad de esta vida es solo sufrir.

No sé si la costumbre en algún momento le gana al amor, pero cuando los gritos en mi casa sean fuertes, espero que alguien me escuche y tumbe mi puerta, no quiero cansarme de mí, de la persona que soy y de lo extraño que me siento cuando me quedo solo.

Ya no quiero ser yo el de las explicaciones, ni el que busque motivos para que me crean.

No quiero ser yo quien tenga siempre que darlo todo, no quiero llamar la atención de nadie, solo quiero estar tranquilo en mi soledad buscando mi paz.

Ojalá nos pase

Ojalá nos regalen otro día con un segundo extra
para que sientas el calor de mis brazos,
hacerte sentir todas las maravillas.

No soltarte, no dejarte ir,
y amarte con locura.

Cuando creas que nada tuvo sentido,
te haré entender todo lo contrario
y te abrazaré más fuerte.

Quisiera silenciar tus miedos
y mandarlos al infierno,
depurar tu corazón
y salvar tu alma de tanta tristeza,
ser tu abrigo en las noches de frío
y que te sientas a gusto conmigo.

Quisiera abrazarte tan fuerte que, juntos,
encendamos el candelabro que traigo en mi bolso
y con él y su luz, acompañarte
cuando tengas que devolverte a tu casa.

Te abrazaré tan fuerte la próxima vez,
que no vas a querer soltarme.

LA PRÓXIMA VEZ QUE TE VEA,
TE ABRAZARÉ MÁS FUERTE.

Quiero conocerte

Quiero acercarme a ti sin decir mucho,
quiero mirarte de cerca y sonreírte,
quiero mostrarte una de las partes más bonitas
de la vida y que no sientas que te acoso.

Quiero que vayas a tu manera y que
de a poco, me otorgues el acceso a tus secretos,
ni siquiera voy a juzgarte, ni diré nada que te incomode,
yo sé de dónde vengo y por alguna razón, te encontré.

No quiero ser el típico que te hará promesas
para comenzar a atarte, tampoco voy a ilusionarte
por nada. Yo quiero que todo lo que pase, fluya
en calma y sea tranquilo como las puestas de sol.

No quiero acorralarte ni pretender que cambies tu
manera de ser solo porque, en tu pasado, te lastimaron.
Mi manera de querer no es como las de aquellos
que solo piensan en sí mismos,
esos que necesitan sentirse venerados.

Yo quiero que tú y yo, vayamos al ritmo de lo que sintamos,
querernos mientras nos descubrimos.

Apapacharnos cuando el mundo se sienta demasiado
pequeño, enloquecer al punto de reírnos, quiero ser cada
uno de tus climas, estar a tu lado sin importar qué,
enfurecerme con tus temores,
llorar a tu lado si es necesario.

Yo quiero que hagas lo que quieras,
lo que tú prefieras, yo siempre voy a querer estar.

SOLO TIENES
UNA OPORTUNIDAD,
HAZLO BIEN,
Y SI TE EQUIVOCAS,
INTÉNTALO...
CONFÍO EN TI.

Catarsis

Me libero de los días más tristes de mi vida.
Me libero de ese amor no correspondido.
Me libero de aquellos amigos que creí hermanos
y se marcharon.

Me libero de mi yo del pasado
para dejarlo descansar.
Me libero de las noches de desvelos y de llanto.

Me libero de los días donde no sabía
procesar mis malos ratos.

Me libero de aquel que se fue y nunca me dijo por qué.

Y me libero de todos
los que dijeron amarme para siempre
y hoy no sé dónde están.

He superado tantas cosas en esta vida
que creo merecer lo mejor
de ella y sé que para encontrarlo todo,
debo salir a buscarlo.

No llevo tanta prisa,
pero ya no quiero deambular, no quiero sentir
que mi tiempo se agota y por eso,
hoy más que nunca, lo cuido.

Me libero de las realidades alternas
que invento en mi cabeza.

Me libero del odio y de los comentarios
que intentaron herirme
y se clavaron en mi corazón.

Me libero de la mala energía
y la envidia de aquellos que me sonríen,
pero por dentro quieren que todo me salga mal.

Y, por último,
Me libero de todo aquello que no me hace bien,
que me enferma y quebranta mi alma.
Me libero de todo lo malo que intente perjudicarme
y nunca más dejaré que vuelva a entrar.

Me libero de los días de cansancio,
de las quejas sin sentido,
del mal humor cuando todo sale mal.
Me libero de las historias que escribí y no terminé,
de las cosas que tuve que decir y callé,
me libero de las falsas esperanzas que creé
para no enfrentar la realidad
de que perdí lo que más amé.

Me libero de todos los dragones
que llamé mejores amigos,
pero que me quemaron, me marchitaron,
destruyeron mi ser.

Me libero de las veces que lloré por alguien
que nunca valió la pena
ni por cada lágrima derramada.

Me libero de las expectativas que creo
y me prometo vivir un día a la vez.

Alzando vuelo

Desconozco tus batallas, pero sé que has estado luchando y te has enfrentado con todos esos monstruos que te hicieron despertar. No quiero que pienses que el tiempo que corre está robando tus ganas, yo sé perfectamente que no te han vencido porque mientras tu corazón siga latiendo, yo estaré del otro lado admirando tu valentía, estás muy cerca de abrir tus alas y volar muy alto, tan alto que formarás parte del azul del cielo, serás poesía en medio de esa inmensidad y amor en la infinidad del universo.

Sé que pronto alzarás vuelo y ya nadie podrá quitarte tu sonrisa, ya nadie podrá tumbarte, ya nadie podrá decidir por ti. Sé que has aguantado muchísimo y cada día te has preguntado cómo es que sigues aquí, por más que quieras cambiarlo todo, no hay manera. Solo quiero que no dejes de intentarlo, que no te olvides de ti, que no sigas permaneciendo en la destrucción del pasado.

Por ahí dicen que ser feliz es una responsabilidad personal y a eso yo le agregaría que es también una elección, uno elige con quien quedarse, con quien sentirnos a gusto, con quien podemos ver de frente y no tener miedo. Nosotros podemos transformarnos a solas, crecer de una manera increíble y que nadie se dé cuenta, pero nos encanta tener a alguien que nos diga que lo estamos haciendo bien, no por ego ni vanidad, simplemente a veces uno necesita escuchar algo positivo en esos días en los que ya no podemos más.

Por tu propio bien, si algo te molesta, dilo. Por tu propio bien, cuando no seas bienvenido en algún lugar, porque lo sentirás, sal de ahí. Por tu propio bien, cuando las dudas se apoderen de ti, cuando sospeches algo, cuando tu intuición hable, escúchate. En este momento estás en el lugar que debes estar, más allá de lo que esté sucediendo, sólo mírate, piensa un poco, respira profundo y no dejes que la monotonía gane.

Para mí, alzar vuelo es cuando despierto cada mañana con la certeza y la oportunidad de seguir creciendo más y más en esta vida antes de trascender al otro lado.

Tres cosas en la vida
que se van y no vuelven jamás:

El tiempo

Las palabras

Las oportunidades

¡LA VIDA
ES BELLA!

NADIE MERECE PASARSE
TODA UNA VIDA
PREGUNTÁNDOSE
SI ES SUFICIENTE.

Caricias que alivian el alma

Me ha pasado que los domingos por la tarde cuando todo está en silencio y el calor es insoportable, la vida se siente bastante rara. Recuerdo a mi madre esperando por una llamada que nunca llegó y se fue de este plano esperándola y no lo supe entender hasta ahora que, en la soledad de mi casa, el día se siente más largo.

Me da miedo pensar que cada vez más, la humanidad se está convirtiendo en un ser insensible y con falta de empatía. Mi madre esperó por una llamada que reconfortara su alma y animara su espíritu.

Estos últimos días he meditado al respecto y no quise entrar en discusión conmigo porque también me aterra un poco pensar que el amor en algún momento podría dejar de sentirse, y entonces, ¿de qué vale estar en este plano si estaremos vacíos?

Para cuándo me hago esas preguntas. Sí, me hago demasiadas preguntas, pero no lo puedo evitar e intento controlar la ansiedad de no entender algunas cosas. Me digo que la gente es así, que ninguno es parecido a nadie, que todos actúan por voluntad propia y que yo no tengo que esperar nada de nadie.

A veces prefiero sentir la ausencia de aquellos que realmente no están interesados en quedarse, es de madrugada, es primero de diciembre y yo estoy aquí, oyendo música y encontrándome en mi mente, tratando de mantenerme de pie porque siento que merezco apreciar la luz de la navidad y desearme lo más lindo para el siguiente año.

Le escribo líneas a mi madre para decirle que la sigo esperando, que ya no se preocupe por quien nunca llamó, que la tristeza de su ausencia no me está matando y que tampoco me siento abandonado.

Tengo buenos amigos, mis perros, mis plantas, mis canciones, lo mejor de mí que ha consistido en despertar cada mañana haciéndole honor a quien luchó a pesar del cansancio.

Yo voy a hacer que pase

Yo voy a hacer que pase porque
todo lo que sueño quiero traerlo
a mi realidad, en este momento
de mi vida, le estoy dando prioridad
a mi ser interior y sanar viejas heridas.

Yo voy a hacer que pase, ya no me dolerá
alejarme de aquel que me lastime,
quien realmente sabe amar, no traiciona.

Yo voy a hacer que pase y con el pasar de los años,
echaré una mirada al pasado solo para recordar que,
en algún punto de mi vida,
me prometí ser feliz y lo cumplí.

Y si el camino
se torna oscuro,
prometo seguir,
encenderé la luz de la esperanza
y venceré al miedo una vez más.

{ LO VOY A LOGRAR
PORQUE YO
SOY INCREIBLE }

Estrellas fugaces

Algunas personas son estrellas fugaces
que aparecen de la nada para recordarnos
que, a pesar de todo, la magia existe en este plano.
Hay quienes llegan para hacerte reír sin parar,
otros para inspirarte y que no te rindas.
Hay quienes regalan tranquilidad y es como si
supieran lo que sufrimos por dentro,
no solo te dicen que todo estará bien,
sus palabras te abrazan y te hacen olvidar
el caos de pensar demasiado.

Pero pasa que después se van, la despedida sucede
en una estación a la que no creímos llegar,
algunos amigos se van de tal forma que uno
nunca los olvida y forman parte de nosotros
incluso en su ausencia.

Pilotos de nuestro vuelo

Relájate, no entres en pánico, lo vas a lograr. Eso quise repetirme una y otra vez cuando las posibilidades se alejaron de mí en aquellos momentos cuando no me tenía nada de confianza.

A veces entramos en negación y vamos por ahí apoyando a otros, aplaudiendo a cualquiera que logra sus metas, pero nos olvidamos de nosotros, olvidamos nuestros sueños y posponemos ese nuevo intento.

Siempre soñé en grande y lo sigo haciendo, cierro mis ojos e imagino todos los lugares que me faltan por conquistar porque la confianza retornó a mí el día que entendí que mi tiempo aquí es efímero y desperdiciarlo sería muy tonto.

La paciencia es una virtud que adquirimos cuando comenzamos a mirar el resultado de lo que estamos logrando, en este momento hay muchísimas personas allá afuera conquistando sueños y otros, quizás como tú comienzan a trazar su destino y eso está bien.

No sabes cuántas veces quise despertar e intentarlo una vez más, o las veces que no me atreví por miedo, por sentirme inseguro, por no tener la fuerza y el coraje de hacerlo y aunque ahora todo es diferente, a veces siento que comencé tarde, pero sé que pensar así es dañino y trato de olvidarlo.

SIEMPRE VOY A PODER
MIENTRAS TENGA VIDA,
MIENTRAS SIGA ANDANDO,
MIENTRAS PUEDA HABLAR.

La odisea de no encontrarte

Yo sí te busqué
y a veces me sigo preguntando para qué,
no sé si por costumbre
o por esa necesidad
de sentirme acompañado,
te quise y demasiado,
salí por ti, pero a pesar de todo mi esfuerzo
por escucharte una última vez,
no lo logré,
después de que el sol se marchó,
y me puse los zapatos, desperté.
Ya no quise saber más,
ni preguntar,
ni suponer,
ni culpar,
tu ausencia la tomé
como una nueva oportunidad
para ser libre.

Mil veces

No vaciemos la cama sin antes
amarnos mil veces en un segundo,
no permitamos que la pasión muera entre las sábanas,
ante el alba de nuestros días juntos,
quédate a mi lado que tengo mucho que decirte.

Quiero compartir mi magia con la tuya
y juntos hacer una fiesta bajo la luna llena,
no quiero invitados, y en la próxima salida del sol,
que el reflejo de su luz nos muestre el próximo camino.

Quiero que escapemos cuando nos aburramos,
decirte lo mucho que te quiero y retratarnos
en cada paso, en cada viaje, en cada hotel que pisemos,
en cada playa que nuestros corazones se sientan cálidos.

Te diría «quédate» mil veces,
pero sé que decirlo una sola vez es suficiente
y eso es lo que me gusta de ti,
que siempre quieres estar.

Gana el que lo entiende todo

Gana el que persiste,
aquel que se equivoca y reconoce su error.

Gana el que, sin importar las caídas,
se vuelve inquebrantable,
aquel que sigue creyendo en sí mismo
a pesar de que se ha fallado más de una vez.

Gana el que mira en las derrotas lecciones
de aprendizaje y las entiende,
el que se levanta cada mañana
y lo sigue intentando.

Gana el que grita demasiado fuerte
para espantar sus miedos
y se burla de ellos cuando los ha superado.

Gana el que transforma sus desvelos en sueños
y sale a conquistarlos,
aquel que deja de mirar su pasado,
se concentra en su presente
y mira el tiempo como un buen amigo.

Gana aquel que sonríe
cuando la vida vuelve a tener sentido
porque se ha encontrado y se ha dicho: «Yo podré».

Gana el que dice adiós cuando debe soltar
y no le escribe cartas
a ese que se fue porque debía irse.

Gana el que encuentra
en las páginas de un libro un buen consejero
y comprende la mayoría de sus líneas
porque al final, los libros escoden una historia
que fue escrita para sanar.

Gana el que después de todo,
se mira al espejo, suspira profundo
y no tiene nada que temer.
Y esa es la mejor parte de un ganador,
cuando lo ha entendido todo.

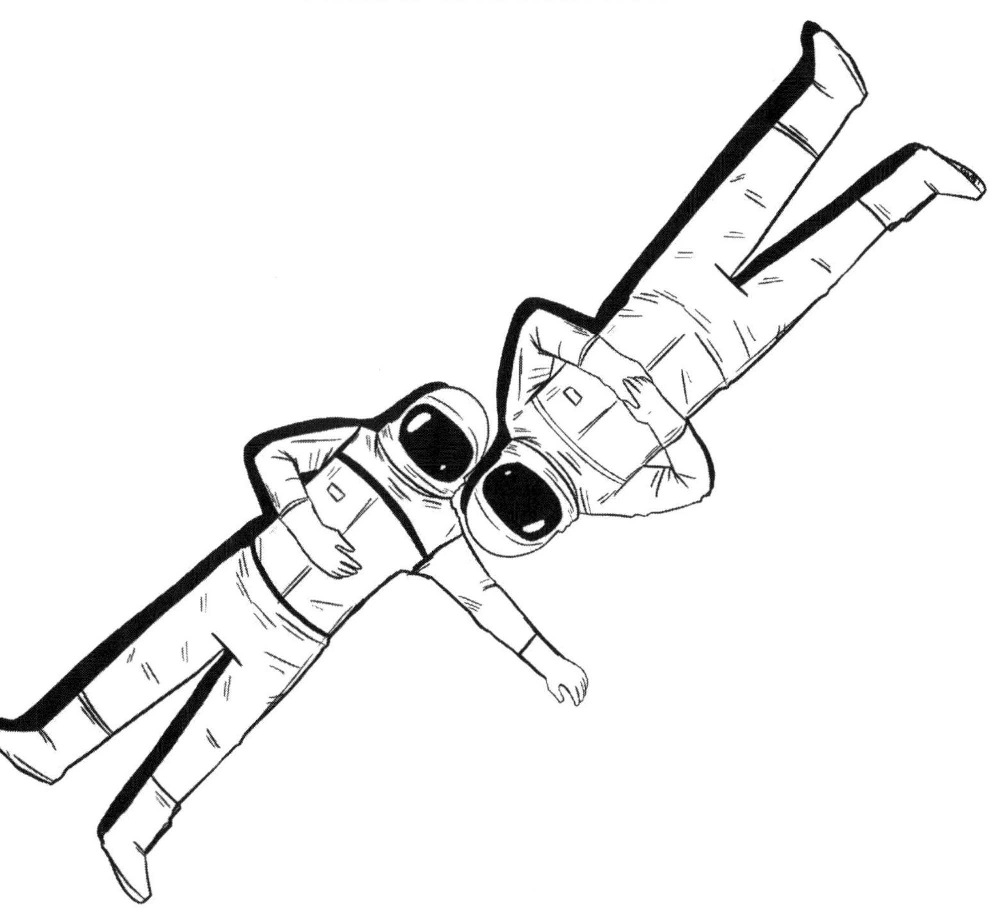

Melodías

Me gustan los sonidos del amanecer cuando apenas despierto, abro mis ojos y entonces sé que sigo de este lado.

Me gusta el sonido de los pájaros, la tranquilidad que se encuentra en mi habitación, la luz que atraviesa mi ventana me quita la sensación de soledad y el nuevo día, me abraza.

Me gustan los sonidos de la tarde, aún creo en las oportunidades y en cada hora que transcurre, confío cada vez más que todo estará bien.

Me gusta el sonido de la noche, los grillos merodean en los rincones de la casa, algunos búhos sobrevuelan mi patio, no les temo, ellos también forman parte de esto.

Por las noches el telón comienza a bajar, el momento de descansar, llega. Me voy a la cama, miro mi teléfono y pido a Dios que todo siga en calma. Todo es bueno cuando no cuestionas, cuando permites que las cosas fluyan, cuando te dejas llevar por lo que pasa y te alejas de la monotonía.

Y yo sé que estoy vivo porque mi corazón aún late, la esperanza nunca se ha ido, los sonidos de mis pasos aún existen y todo lo que siempre quise ser, sucederá.

Me gusta el sonido de la vida porque me siento aquí formando parte de todo, e incluso, de aquello que todavía no encuentro, no entiendo y no acepto.

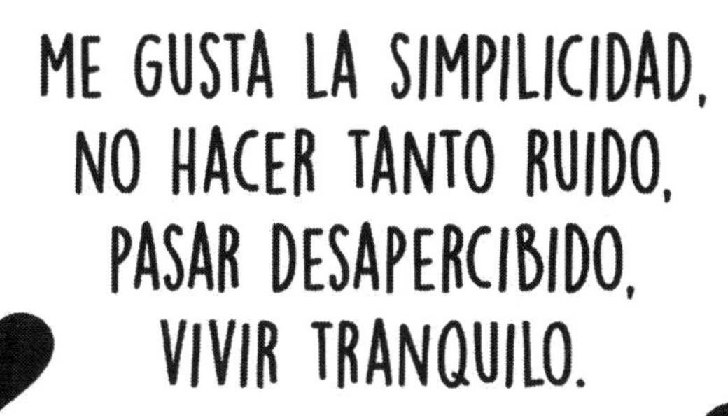

ME GUSTA LA SIMPILICIDAD,
NO HACER TANTO RUIDO,
PASAR DESAPERCIBIDO,
VIVIR TRANQUILO.

ME GUSTA LO BONITO
QUE PUEDE SER CADA MOMENTO,
ME GUSTA DISFRUTAR LA VIDA
EN TODO SU ESPLENDOR.

YA NO DISCUTO, YA NO PELEO,
ESO SE LO DEJO A QUIENES
NO HAN ENTENDIDO QUE EL
TIEMPO PASA TAN RÁPIDO
COMO UN SUSPIRO.

Hoy quiero descansar

La lluvia de hoy no me permitió salir,
cuestioné lo que pasó
y llegué a la conclusión de que lo mejor
era quedarme en casa, ver alguna serie
o película y dejar que todo pase.

Preparé mi café y le agregué miel,
la lluvia no cesó por un largo rato,
miré por la ventana el correr del agua en mi patio,
el sonido retumbando en mi techo.

Mi perro y mi gato,
los veo arropados en mi cama,
son los únicos que me acompañan.

Algo me obligó a quedarme en casa,
tal vez la casualidad
o la tormenta que de la nada, apareció.

Los instantes de la vida son así,
yo los entiendo y por eso me quedo tranquilo.
No intento apresurar nada,
ni salir de casa corriendo,
no me gusta vivir de manera artificial,
vivo cada momento.

Hoy quiero descansar de mis pensamientos,
de algunos recuerdos y anhelos.
Hoy quiero descansar de todo lo que quise.
Hoy quiero que mi cuerpo libere algo de estrés.

Me acuerdo cuando hablar de los sentidos de la vida
era nulo para mí, estaba aquí,
pero al mismo tiempo, no lo estaba.

Todo ha cambiado
y es tan diferente como al principio
que hay veces que me pregunto
cómo fui capaz de llegar tan lejos,
desatar esos nudos que no me dejaban seguir,
olvidar cosas que dolieron,
superar personas que no me quisieron,
sacar de mi cabeza el chip
de que yo nunca iba a poder.

¡NO PASA NADA SI QUIERES TOMAR UN DESCANSO!

NO HABÍA ENTENDIDO
QUE ENFRENTAR
EL PASADO TAMBIÉN
ES UNA FORMA DE SANAR

COMENZANDO POR EL PERDÓN
Y DEJANDO ATRÁS
TODO EL RENCOR.

A PESAR
DE TODO,
NO TE ODIO.
YO SOY MEJOR
QUE TÚ.

Admiro la valentía de aquel que no reprime su sentir,
ese que no le importa algún comentario fuera de lugar
y expresa sus sentimientos sin ocultarlos.

Me gusta cuando los hombres comprenden
que el dolor forma parte de nosotros
y que llorar, no los hace menos.
Al contrario, los muestra tal cual son: humanos.

Admiro aquel que sonríe y abre su corazón
para ese amigo que, sin interés alguno,
lo escucha. Aquel que no pretende nada más
que buscar un apoyo o algún consejo que lo ayude
a procesar eso que todavía no entiende.

Los hombres también lloran,
he conocido un par de ellos,
he mirado la tristeza en sus ojos y las ganas
por abrazarlos brotan por todo mi ser.

Amanecer parte I

Prometo que todos los amaneceres que me queden los tomaré con calma, no me voy a desesperar por saber qué me depara el futuro y no quiero irme sin antes comprender en su totalidad el sabor de esta vida.

Quiero entender que las razones para continuar aparecen para sanar, al igual que al amor y el abrazo de aquella persona que quiere verme bien, sé que las respuestas que busco las puedo encontrar hasta en las gavetas de mi armario, quiero apreciar mucho más los sonidos de la noche y a la hora de irme a descansar en mi cama, sentirme ligero.

No quiero tener más miedo, no quiero llenar mi cuerpo ni mi espíritu de pensamientos que intervengan mi estabilidad y la relación que tengo conmigo mismo.

No quiero hablar ni actuar desde el ego, quiero abrir mi corazón con la certeza de que todo aquel que pueda conocerme, encuentre en mí alguna palabra o consejo que necesite, tal vez por eso comencé a escribir, por la necesidad de mostrar afecto y apoyo para todo aquel que se ha sentido solo y sin rumbo, pues en algún momento yo me sentí así.

Pero es hora de seguir, porque a pesar de todo, tú y yo seguimos aquí y eso ya es una victoria más.

Los puentes de la vida

En esta vida cruzaremos muchos puentes, algunos nos llevarán a destinos increíbles y otros, nos llenarán de temor porque no entenderemos qué está pasando, el dolor forma parte de lo que somos, es inevitable no escapar de él, pero lo que sí podemos hacer por nosotros y mantenernos de pie, es no olvidar que estamos en este viaje por la vida para aprender.

Habrá noches de mucho duelo, habrá días en los que ni siquiera vamos a querer mirar por la ventana, existirán tardes donde todo se habrá distorsionado y lo que un día quisimos demasiado, ya no estará a nuestro lado.

Pero no quiero que te preocupes demasiado, ni pases mucho tiempo mirando al suelo, cuando sientas miedo, recuerda que hay millones de personas atravesando un túnel sin retorno y que tú aún mantienes la dicha de mirar la luz del sol. Mis días favoritos son los de lluvia, me gusta pensar, conectarme con mi ser interior, y dormir toda la tarde.

Esos días fríos los amo con locura, suelto las banalidades y lo material pasa a un plano al que ni yo tengo acceso, después de todo, lo único que nos llevamos de aquí junto con nuestra alma, es la grandeza de haber gozado esta vida con dignidad y respeto.

Ser feliz está a un solo paso, el amor propio también se cuida. En esta vida cruzamos por muchos puentes, y en uno de ellos tú y yo hemos coincidido.

El amor
propio también
se cuida.

Y EL DÍA QUE LOGRES
RECUPERARLO,
NO LO VUELVAS
A SOLTAR.

Recordatorio:

Cada vez más, estoy aprendiendo a valorar y cuidar mi tiempo aquí, ya no quiero pelear, ni que me den la razón, ya no quiero insistir y terminar agotado, no quiero herir a nadie para alimentar mi ego. Elijo seguir mi camino en compañía o en soledad, después de todo, la única persona capaz de levantarme al caer, soy yo mismo.

Un encuentro más

Ella no era de las que fácilmente podrían sorprender, él convencido de que mirarla una última vez lo ayudaría a sanar, decidió invitarla a dar un paseo. Todos estos meses él los utilizó para escucharse y dedicarse a sí mismo, mientras que ella continuó con sus estudios universitarios. Ella aceptó con la condición de que, por nada, terminarían peleando como la última vez, él prometió que eso no pasaría.

Ambos todavía se querían, pero hablar de amor era un tema difícil porque cuando la historia está llena de heridas, no hay mucho que hacer. Algunos deciden soltar y otros no dejan de intentarlo hasta convertirse en un círculo tóxico y acosador.

Él siempre estuvo pendiente de ella por las redes sociales en silencio, admiraba su belleza a través de una pantalla, muchas veces quiso responderle alguna historia en Instagram, pero por pena y respeto, no lo hizo. Ella se quedó esperando durante muchas noches algún mensaje de él, tampoco se atrevía a escribirle, tenía mucho miedo de lastimarlo más o ser ella la lastimada.

Se miraron a lo lejos, se encontraron en el parque donde se conocieron, el lugar donde él le contó los peores chistes y ella se rio como si los hubiese entendido, solo para no dejarlo con la vergüenza a flor de piel. Se sentaron y de frente tenían ese lago artificial que ella tanto amaba y donde él, le había regalado un retrato.

—¿Cuánto tiempo, no? —dijo él mirando hacia el fondo del lago.

—Demasiado tiempo, ¿cómo has estado? —preguntó ella.
—Bien, a pesar de que últimamente me siento agotado —respondió—; el trabajo me volverá loco y mis padres no dejan de pelear por todo.
—Trata de no pensar en eso por un momento —dijo ella, quitándose las gafas de sol.
—Lo intentaré, ¿tú cómo estás? —preguntó.
—Bien, todo ha estado muy bien, la verdad —respondió—; la vida no ha sido tan cruel conmigo.

Ambos se rieron, pero el silencio los envolvió, querían decirse tantas cosas, pero les daba miedo. Sus diferencias no les permitía ver con la verdad, esa donde ambos realmente se querían y lo volvían a intentar.

Esa tarde estuvieron acompañados por esas personas que salían del caos de la ciudad y estrés semanal, los perros se divertían entre ellos y los gritos de los niños se hicieron presentes. Ellos se sentían en una burbuja como en esos momentos donde el tiempo se detenía por un rato, se miraban fijamente y sin decir una palabra, se amaban sin condición.

—¿En qué fallamos? —preguntó él, acabando con la incomodidad del momento.
—La verdad no sé, terminamos siempre mal —dijo ella.
—Yo te sigo queriendo —le respondió—; sigues rondando en mi cabeza más que nunca.
—Yo también te quiero, pero hemos fallado tantas veces que…
—Si lo intentamos otra vez podría funcionar —él la interrumpió, se acercó y la tomó de las manos y le dijo—: ¿aún me quieres como esos días en los que recurrías a mí cuando sentías mucho miedo?

El silencio nuevamente les ganó y todo lo que había alrededor de ambos, pasó a un segundo plano. Ese momento estaba por definir el futuro de los dos y la razón de ese encuentro era esa, decidir qué harían, si volver a intentarlo o decirse adiós para siempre.

—Te sigo queriendo como esos días en los que tú eras mi salvación cuando el miedo me aplastaba.
—¿Y entonces por qué fingir que ya no sentimos nada?
—Tal vez porque es la única manera de protegernos mutuamente —dijo ella, abandonando el agarre de sus manos.
—¿Protegernos de qué? —preguntó él—; aún nos queremos, acabas de admitirlo.
—Eso no significa que a partir de aquí podría funcionar, tú no ves el futuro —murmuró.

Todo parecía ir en picada otra vez, el descanso que se dieron durante meses para pensar las cosas y sentir que se extrañaban, no estaba funcionando, así lo pensó él. Ella no dejaba de mirar ese lago artificial y era evidente su incomodidad y quizás temor por entregarse otra vez a esa persona que le prometió todo y le falló.

—Tú me fallaste.
—Te pedí perdón por eso —dijo él.
—Ahora creo que el perdón no se trata de un contrato o favor, es delicado, así lo pienso.
—Lo sé, entonces, ¿por qué me ofreces tu mano cada vez que me acerco ti?
—Porque te sigo queriendo, pero estar lejos de ti me mantiene en paz —dijo ella, mirándolo a los ojos.

Y ahí supo que a pesar de que el amor seguía latente la había perdido, que no bastaría con promesas ni ramos de flores, ni pedirle perdón todos los días. El carácter de la que todavía era el amor de su vida complicaba todo, se enojó consigo mismo sin que ella se diera cuenta. La abandonó cuando más lo necesitó, dejó que ella pasara frío cuando lo único que necesitaba para sentirse cómoda eran sus brazos.

Él comenzó a entender que la vida, el amor y las relaciones no son ningún contrato, que el perdón no borra el historial de infidelidad y tampoco saca por completo esa espina clavada en el corazón.

—Fui demasiado tonto y egocéntrico.
—No hace falta que digas eso para que me hagas sentir bien —dijo ella.
—Ahora sé que no te importará nada de lo que haga.
—Sí me importa y demasiado, pero no quiero herirte porque la verdad, ya no confío en ti.
—¿Qué es lo que te importa? —preguntó.
—Tu forma de amar y lo especial que fuiste —dijo ella, y ya lista para marcharse continuó—: quería verte porque necesitaba hacerlo, porque era la única manera de soltarte después de todos estos meses.

Ella se levantó y él quiso convencerla de quedarse un rato más, no lo logró. Ella se despidió con un abrazo y le deseó lo mejor, él le correspondió y estando en sus brazos recordó todos esos momentos juntos y le dolía perder a una increíble mujer por su falla y por pensar que ella estaría dispuesta a soportar sus infidelidades y mentiras.

Él la vio alejarse entre el camino del parque, la brisa golpeaba su cara y se sintió derrotado, creyó que la tendría de vuelta, pero no fue así. Reconoció su error y aunque tal vez ya era demasiado tarde para reparar los daños, estaba aprendiendo esa lección que la vida le estaba dando a través del amor de esa mujer que perdió.

Ella quiso voltear y abrazarlo nuevamente, pero no lo hizo, el respeto por sí misma y el amor propio que le costó recuperar le susurraban en el oído. No se trató de un momento erróneo o con final feliz, ¿por qué tendría que ser así?, pensó. Después de todo, ella tenía su conciencia limpia y entendía que, por ahora, no era el momento para estar en noviazgo.

Ambos dejaron el lugar donde se conocieron, el lugar donde él le contó los peores chistes y ella rio por compasión. Había llegado el final que tanto buscaron, a pesar de que el tiempo a solas y lejos los ayudaría a procesar los daños. Ella dejó de sentirse insuficiente y entendió que no era ella la que había fallado, él se perdonaría por ese error y haría todo por ser mejor persona.

No se verían más, pero se recordarían. No tuvieron final feliz, pero ella lo mantiene en su memoria por siempre, él habla de ella con la misma pasión que alguna vez de joven lo hizo. Ella todavía conserva una foto de él y la verdad, dice ella que el tiempo la ayudó a sanar y ser feliz, encontrar otra vez el amor y sentirse realmente amada. Lo mismo pasó con él jurándose que en la otra vida, la conquistará y la respetará.

Otro día en casa

No sé si te lo dije, pero me gusta contar historias mientras ando en bicicleta, algunas no tienen el final feliz que todos esperan, pero otras son tan reales que en serio necesitan ser contadas. Hace días me encontraba de paseo en mi bici y se me vino a la mente ese reencuentro del que te conté, fue la historia de una de mis amigas, estábamos juntos y ella no paraba de hablar de él, le cuestioné por qué no lo intentaban otra vez y su respuesta fue contundente: él le había sido infiel y ella ya no confiaba en él.

Hasta ahora, todo lo que has leído provino de esos días en los que yo seguía preguntándome cosas y necesitaba drenar, no me gusta quedarme con nada de lo que pienso, quiero compartirlo contigo y por eso escrito tras escrito y página tras página, te he ido contando lo que he sentido durante estos dos últimos años.

Todavía no sabemos cuál será nuestro destino final, no quiero que pensemos en eso. Solo quiero que permanezcas en la serenidad de tu habitación y sigas descubriendo el potencial que hay en ti, el amor que eres y la gran persona que está guardada en tu interior.

Quiero que sigas creyendo en ti, sin importar cuántas veces dudes o te hagan dudar de ti, yo hablo a través de estas palabras y tal vez pensarás que estoy loco por escribir así, pero siento que es la mejor manera y más cómoda para expresar mis sentimientos. Espero no haberte cansado tanto, estamos cerca del final de este libro y la verdad, no quiero despedirme.

Me gustaría que cuando cierres el libro, suspires con muchísima fuerza, sonrías y confíes en mis palabras y en nuestro nuevo lema: «Estaremos bien» porque mientras tú lo creas será así.

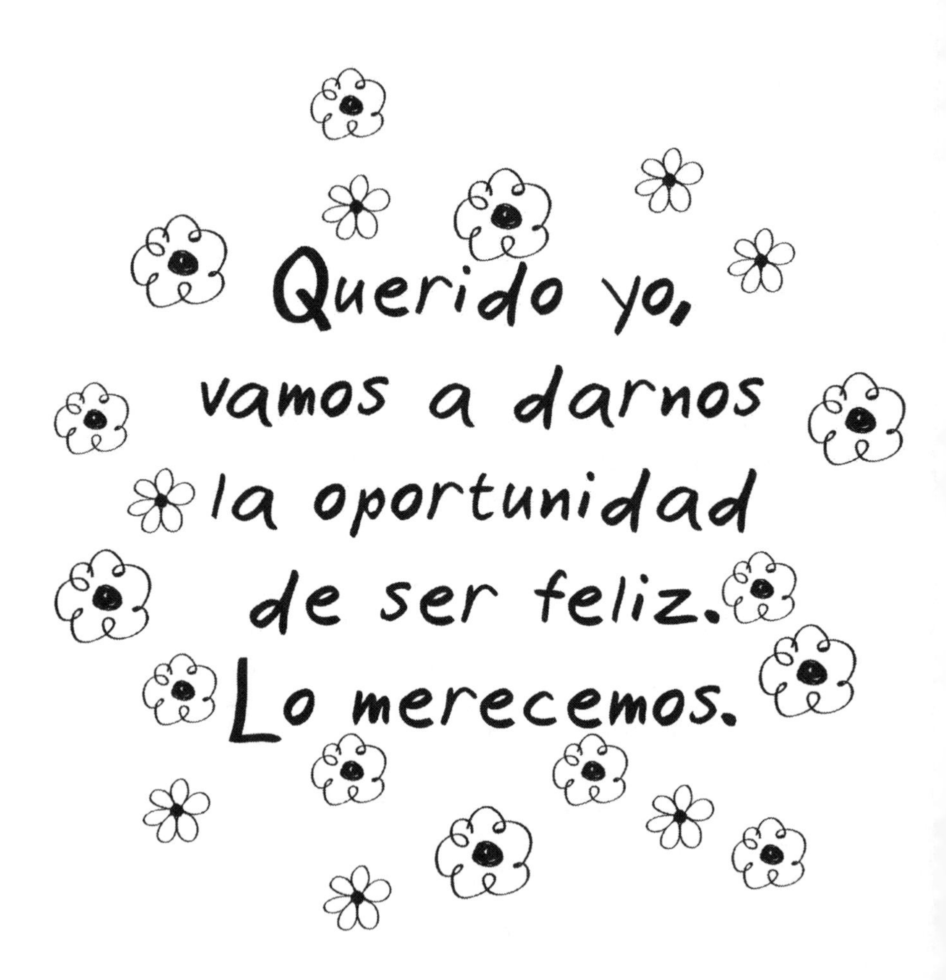

GRACIAS POR
ABRAZARME CON
TU EXISTENCIA.

GRACIAS POR ACEPTAR
LA VERDAD EN
TIEMPOS DE CRISIS.

PARTE 5

OBJETIVO DE ESTE NUEVO
VIAJE: CASI COMPLETADO.
ESTAMOS ATERRIZANDO
EN LA PISTA DEL AMOR PROPIO.

A los que siguen aquí,

a los que continúan abriendo estas páginas,
a los que diariamente encuentran respuestas
o aquellos que han logrado aterrizar hasta aquí
a pesar de que muchas veces quisieron desistir.

No sé si es lo que buscas, yo espero que sí,
me tomó bastante tiempo conectarme conmigo mismo
para continuar con este viaje que tú
en este momento puedes vivir.

A ti, quiero decirte que lo vamos a lograr,
vamos a continuar, seremos esa persona capaz de todo,
esa persona que logrará todo lo que se propone
y aunque siempre lo leas por ahí que todo pasa
yo quiero decirte lo siguiente:

«No te olvides de ti nunca»

Noche para pensar

Aquí estoy, haciendo de mis defectos un nuevo camino para seguir, ya no quiero creer que no podré, que el amanecer no llegará o que mi sonrisa no volverá.

Ya no necesito sentirme al borde del abismo para despertar, ni que me suelten para saber que ya no más.

Esta noche ya no espero ningún mensaje, tampoco una señal del destino, yo sigo aquí y lo que me falte por vivir, te lo juro, lo viviré al máximo, y si aparece nuevamente el miedo, o el pasado intenta burlarse de mí, no les haré caso.

Y ahora sé que debo creer más en mí y en lo que siento, confiar más en mi instinto que siempre intenta advertirme y protegerme del peligro.

Esta noche he vuelto a conectarme conmigo, estoy mirando lo lejos que he llegado en este nuevo viaje y no me arrepiento de lo que he decidido, me siento libre al poder hacer todo por mí.

Hace rato abandoné el miedo y en medio de la locura por sentirme cada vez más vivo, seguiré construyendo y encontrando motivos para no renunciar a mí.

Querido yo...
siento que lo vamos a lograr...
de verdad lo siento así.

Recordatorio para los días malos

Quiérete tanto que se te olvide todo lo que tuviste que dejar atrás para volver a sonreír, todo lo que tuviste que soltar para alzar vuelo, todo lo que tuviste que perdonarte para regresar a ti, recuperar tu esencia y estar en paz.

Quiérete tanto que en las noches cuando no puedas dormir, tengas el valor de no querer regresar al pasado. Y ahí, en medio de los recuerdos, si la nostalgia también aparece, no recaigas que pronto el sol saldrá.

Cuesta demasiado entender esta vida, darse cuenta de que la felicidad es frágil, algunos no querrán verte así. Hay que entender que los amigos van y vienen y que la confianza está casi extinta. Ahora que miro mi realidad, comprendo que hay que tener mucho cuidado en quien confiamos, no siempre te dirán la verdad.

La mayoría solo piensa en ellos y no saben ponerse en los zapatos de los demás. ¿Será que mi decepción es porque me tomo las cosas en serio? Porque yo sí voy en serio y no me gusta abusar de la bondad de nadie.

Y por eso, ahora quiero vivir sin mirar atrás, no esperar nada de nadie, ser feliz a mi manera y entender que cuando las cosas salen mal, debo tratar de comprender el proceso y no armar un drama.

Podremos salir de esta

Hay cosas que nunca lograré entender, pero ya no le doy tanta importancia, sigo a mi ritmo, a veces con algo de prisa y otras, con la serenidad que poseo cuando necesito palpar lo que está pasando.

Amo esta vida, la vida mía y todos los colores que me rodean, me canalizan y ayudan a conectarme con mi propósito. Y por eso, cuando la tempestad está demasiado cerca y alguna piedra en el camino interfiere y me lastima, entiendo que me está enseñando a través de ese dolor, mucho más de lo que ya sé.

Ya no vivo en silencio, me gusta el ruido, me gusta correr, me gusta caminar a solas, pero también en compañía. Ahora me quejo menos, porque he aprendido que en medio del desastre y oscuridad yo sigo aquí, siendo la diferencia, despertando para continuar, quitándome los escombros de encima, sanando mis propias heridas y suspirando por un día más.

Y me veo, en la lejanía, con una buena vida que, cuando me toque despedirla, tendré el valor de soltarla porque si me voy, lo haré cruzando la última puerta sonriendo y con mucha dignidad.

todavía podemos intentarlo

Y si todavía sigues aquí,
despiertas en tu cama,
escuchas los pájaros a través de tu ventana.
Si abres tus ojos y logras mirar la claridad
por la luz del sol,
si sientes el frío atrapado en tu habitación,
entonces, podemos seguir intentándolo.

El día ya te tiene en sus manos y lo
mejor que puedes hacer es levantarte,
comerte el mundo y disfrutarlo.

Pero si ahora, lo único que quieres es
que nadie toque tu puerta,
ni que te escriban por whatsapp,
está bien, estaremos del otro lado esperándote.

Y te prometo,
te lo juro,
que si tardas mucho tiempo
en salir, iré por ti.

NO CONVIERTAS TU SOLEDAD
EN UN REFUGIO NI EN UNA
MANERA DE VIVIR.

El dolor nos hace crecer

Y no me quedó de otra
que aceptar que te fuiste,
que los días de lluvia no serán iguales sin ti,
que ya no podremos contar
los truenos ni mirar por la ventana
cómo se llena nuestro patio.

Y en tu ausencia,
en los pasillos vacíos de nuestra casa,
reinan los recuerdos de que un día estuviste.

No puedo evitar pensar que soy yo quien debe
tomar el control de la situación.
Me pregunto si tú me miras desde ahí donde estás,
porque en esos días cuando me siento triste
y no dejo de pensar en ti,
algo me dice que tú
estás conmigo.
Y quiero pensar
que sí, que tú estás conmigo.

Espacio sideral

Cuando todo se vuelve piedra y no entiendo qué pasa, cuando camino y no encuentro nada o cuando despierto sin razón alguna en la madrugada, mantengo la calma, respiro profundo y tomo mi celular. Si a alguien tengo que llamar sería a mi mejor amiga.

Recuerdas aquella vez cuando te hablé de mi espacio, en ese entonces era un caos, pero ahí me gustaba estar.

Ese mismo espacio lo he transformado y lo convertí en ese lugar que siempre soñé y vi en uno de mis sueños.

Cuando despierto por alguna pesadilla, enciendo las luces, es como estar en el universo, el frío recorre todas las direcciones y yo me siento seguro.

He traído un perro a casa y desde entonces él ha hecho mi espacio sideral más confortable, y tal vez por eso, me siento cómodo estando ahí.

Escapando de la monotonía

Que no se nos vaya la vida,
ni se cierren todas las puertas antes de intentarlo,
que lo complicado tenga solución
y si el cielo oscurece, que aclare.

Quizás llegues a pensar
que la salida de todo esto
sea escapando para huir de los problemas,
o encerrarte y no abrir las ventanas
o tal vez, creyendo que al despedirte
de este plano, no pasará nada más.

Claro que todavía tengo miedo, pero al mismo tiempo me miro al espejo y comprendo cada vez más. Cuando estoy caminando por la calle veo tantas cosas que no le doy importancia porque al final, el caos que creamos en la mente perjudica nuestro siguiente paso.

Estoy comenzando a salir de la monotonía pero no con la intención de esquivar mis problemas o pretender que no existen. He comenzado a salir porque ya no es un secreto que la vida en cada segundo se va y yo ya no quiero vivir como si estuviera en pausa.

Lo único que quiero por ahora, es quedarme aquí sentado, mirando cómo la luz del sol atraviesa los árboles y lo agradable que es respirar, porque hasta eso, estoy comenzando a disfrutar.

Vamos a estar bien

¿Quieres que te diga algo? Los caminos que se están abriendo son tan increíbles como tus deseos. A pesar de que las despedidas te duelan demasiado, la verdad en todo esto es que te estás haciendo un favor. No le prestaste atención a las señales, ni a esos momentos donde la vida te estaba diciendo: «Ahí ya no es». No es momento de juzgarte porque te creo cuando me dices que lo intentaste hasta el final, pero te has cansado.

Nunca vuelvas a creer en verdades que carecen de sinceridad. Hoy le dije a una amiga: "La vida es demasiado bonita cuando tienes comida en la mesa», amigos verdaderos con quien compartir una cama cómoda, y tu familia bien... aunque mi mamá ya no está aquí, la vida volvió a parecerme bonita porque de alguna manera, cuando me siento solo, ella me asegura que sigue conmigo».

Ojalá pronto despiertes de esa pesadilla, ojalá pronto creas en ti y en tu instinto. Ojalá no dejes para después tu renacimiento y ojalá no sea demasiado tarde cuando quieras vivir en serio; sin mirar atrás, sin pensar en el pasado, sin demorarte para dar el próximo paso ni pensar demasiado en lo que quieres.

Nadie nos ha dicho que esto es fácil, y hasta ahora, yo no he conocido a alguien que me lo diga, porque la persona más feliz puede tener días malos y eso es tan normal como las veces que olvidamos tomar el control del TV antes de acostarnos.

RECORDATORIO:
TÚ Y YO ESTAREMOS BIEN.

Marchitándonos

Nadie nace aprendido, ni con la certeza de una vida eterna.

Nadie sabe qué viene después, ni mucho menos sabe cuándo caerá.

Nadie ha regresado del más allá para contarnos qué tal.

Nadie se lleva nada, salvo lo que aprendió y lo que hizo aquí.

Nacemos libres, pero la sociedad nos vuelve presos hasta de nuestra manera de pensar.

Me gusta manifestar lo que pienso, me gusta la rebeldía que despertó luego de cumplir 20, me gusta lo valiente que soy ahora porque ya no hago silencio.

Adoro el ruido de mi voz y el de mi corazón cuando el silencio se presenta, que, si antes estaba marchito, era por mi culpa, por creer que no podría, por pensar que ellos sí y yo nunca.

Tan solo me faltaba una gota de valentía que cayó del cielo porque Dios me la mandó. Y mírame, cada día que pasa lo vivo como un milagro. Porque sí, vivir lo es.

¿Sabes, querido yo?

Tomé la decisión de no estar tras de nadie, de no perseguir lo que no es para mí, de no ocupar un lugar que no es mío y de no intentar permanecer donde no se sienten cómodos con mi presencia.

Le regalo mi ausencia a quien me ha sonreído, pero que a mis espaldas me señala. Le regalo mi adiós a quien dice creer en mí, pero no confía en mi amistad, a quien incontables veces me ha dicho amigo, pero no me ve como tal.

Hay cosas más importantes en la vida: sueños por cumplir, encontrar mi paz personal, escapar de lo cotidiano, ser feliz a solas, ¿sabes? No me siento mal, ni extraño, tampoco incompleto, me siento libre y sería un castigo seguir donde yo ya no soy feliz.

Un día a la vez

Me siento listo, me siento preparado. La vida no es perfecta como alguna vez la soñé, pero tampoco es difícil dar el siguiente paso, me preparo para decir adiós a todo eso que nunca logré entender y dejo a mi lado, todo eso que tuve que recoger para armarme de valor y continuar.

De ahora en adelante, siento que todo será diferente, será mejor, y yo siempre estaré dispuesto a dejarme querer y ayudar por aquel que quiera hacerlo, tenderé mi mano a quien lo necesite y sin dudarlo, sonreiré incluso en mis días grises cuando de verdad no entienda qué sucede.

Ya no hablaré de mis miedos, pero tampoco voy a ignorar que las cosas pueden salir mal en algún momento, pero eso no significa que yo voy a morir en el intento por ser feliz. Cada vez que me sienta perdido, recurriré a mis recuerdos, a los más bonitos, a esos donde fui sincero conmigo y pude comprender a través de todos mis procesos que no había nada de malo en mí y mucho menos, mi forma de ser y querer no está ligada con nadie allá afuera.

Que pase el tiempo, que pasen los amigos, que pasen todas las personas que me faltan por conocer y los lugares por donde transitaré, que pasen los buenos y malos momentos, las horas eternas donde no podré dormir y que pasen todos los amaneceres donde despertaré. Que pasen todos mis días porque los viviré cada uno a la vez como si el mañana fuese mi último día, y como si hoy fuese tan solo el comienzo de una nueva vida.

Contratiempo

Llegué a pensar que mi estadía aquí era en vano,
llegué a creer que luchar era perder el tiempo.
Me cuestioné, me enojé y grité.

Muchas cosas no salieron a mi manera,
salieron peor, me decepcioné, me enamoré
y volví a comenzar.

El final muchas veces llegó,
pero solo entendí que era el inicio de algo mejor.

Siempre me imaginé envuelto en un contratiempo,
como si la vida me debiera un favor
o el karma me estuviese revolcando.

He creído en tantas cosas que no son ciertas,
salvo ahora que creo en mí
y voy despacio, con mucha calma y soy feliz.

Valiente

¿Sabes a qué le llamo yo valentía?
A ti, la única persona que es capaz de seguir
cuando siente que ya no existen razones.

A esa persona que la vida le cambió para siempre,
a los desdichados que sonríen sin mirar atrás.

Valiente es aquel que ama cuando
ha crecido en tierras de odio.
Valiente es quien se atreve a seguir,
aunque el camino esté intransitable.

Para ti, ¿qué es ser valiente?

SIN DARTE CUENTA, COMENZARÁS
A LIBERARTE DE TODO ESO QUE
YA NO NECESITAS Y NO TE HACE FELIZ.

Esta vez, quien se va soy yo

No me iré por cobarde,
me voy porque quiero conocer lugares nuevos.

Cada situación es un viaje,
cada paso lo es, cada vez que cambiamos
o que todo se torna algo oscuro,
ya no somos los mismos.

Me voy porque sinceramente,
este espacio lo siento pequeño
y comienzo a sentirme agotado.

Me voy porque me siento libre,
cuando la noche vuelva a caer,
le diré que la estuve esperando,
la abrazaré y le diré que no se vaya.

Me voy porque es tanto lo que me amo,
que ya no quiero esperar por nadie,
beberé todo el licor que esté en la mesa,
fumaré con mis buenos amigos,
sé que me sentiré como un perdedor
pero estando en las manos correctas,
el tiempo será también un buen amigo.

TODO PASA... Y ESO ESTÁ BIEN

Pasaron muchas cosas mientras escribía este libro, comenzó a nacer la noche que cumplí veintiséis y entre tantas cosas que he escrito aquí, siento que todavía falta mucho por decir. Nos veremos en próximos caminos, en próximos desvelos, en próximos momentos que la vida lo permita o que sea necesario, ahogarnos en las penas para despertar.

No fue nada fácil, momentos rudos en los que caí, destrocé ideas y suspiré clamando paciencia. Muchas tardes y noches en los que mi laptop quedó encendida y las teclas se llenaron de polvo.

Pero ha valido la pena, este libro es tan personal, es tan yo hablándote desde lo lejano, desde el otro lado, desde tus sueños y desde esos pensamientos recurrentes que te enseñan que se vale esperar un poco, quedarte un ratito, disfrutar de la puesta de sol, amar el ruido de los pájaros.

Quiero enseñarte que cada instante cuenta, que cada vez que te sientas vacío, o sin propósitos, estás aprendiendo.

Cada proceso es diferente, pero ¿sabes lo que más me gusta de levantarme cuando caigo?, que estoy más fuerte y que seré capaz de ir más allá porque una vez que aprendamos a derrotar el miedo, tendremos la dicha de mirar todo lo que Dios y el universo tiene para nosotros, toda la belleza resplandece dándonos la bienvenida a un mundo mejor.

PD: Todavía no es la hora de despedirnos, pero ya casi.

Tanto que decirte

Querido yo, este es nuestro momento, este es nuestro proceso, le estamos cerrando el paso al fracaso, dejando ir lo que nos ha hecho llorar y amigos que agotaron nuestra energía. Ya no queremos perder el tiempo, de hecho, tenemos miedo de que eso siga pasando. Ya no queremos cantidad, *buscamos verdadera lealtad*.

Querido yo, nos tomará tiempo asimilar los cambios, pero es por nuestro bien, no le cerramos la puerta a la felicidad, le damos la espalda a la hipocresía porque ya no la soportamos más.

Buscaremos nuestra tranquilidad, seguiremos creciendo, volaremos, caminaremos y reiremos. En el recuerdo nos quedaremos, con el viento nos fundiremos.

Querido yo, aprendimos a querer los cambios desde que nos dimos cuenta de que para ser feliz uno mismo, hay que mover algunas cartas, salir del enredo y no dejarse vencer en el intento.

TODO LO QUE NUNCA FUIMOS,
NOS SALVÓ DE CONTINUAR
HIRIÉNDONOS POR EL PLACER
DE VER QUIÉN DE LOS DOS,
AMÓ MÁS.

Todo lo que quisimos ser,
quedó grabado en
nuestras pláticas nocturnas,
en cartas y algunas
canciones que el viento se llevó.

Todo lo que pudimos ser,
no fue más que un cuento
que quisimos inventar para hacer
real, pero salió mal... muy mal.

Querido pasado:

Ya no te tengo miedo, te he superado y de algunas historias ya te he olvidado.

Querido presente:

Te respeto, pero no espero nada de ti, salvo que vayamos con cuidado porque no quiero perderme de vista ningún buen momento.

Querido futuro:

No te idealizo ni creo expectativas, llegarás en algún momento, en el día, en la noche o plena madrugada.

Tendré paciencia contigo, te lo prometo.

Abriendo las ventanas

Desperté, estoy tranquilo, me siento feliz. Me preparo para irme de vacaciones, descansar y tomarme un rato más a solas.

Abro las ventanas no solo de mi habitación sino las de toda mi casa, quiero que la luz entre por todos lados, que lo malo salga y que la abundancia pueda fluir en cada rincón.

Hace poco estuve nadando en el río, amé la sensación del frío en mi cuerpo, hundiéndome a lo más profundo y despidiéndome de esa versión mía que describí durante todo este año.

He conocido tantas buenas personas que reconozco que sí existen, pero te advierto, sigo andando con cuidado porque sinceramente no confío del todo, con esto no quiero que pienses que el odio sigue apoderado de mi ser, pero ya sabes es mejor andar un paso adelante y no caer como tontos en el primer bache que aparezca.

—¡Buenos días! –le dije a mi vecina que estaba saliendo justo en ese momento.
—Buenos días —me respondió amablemente, subiéndose a su auto.
—Amaneciste con buen ánimo, desde acá lo puedo sentir —me dijo.
—Hoy es un buen día para sonreír, dar gracias e iniciar el día de la mejor forma.
—Toda la razón, mírame a mí, voy algo tarde a mi trabajo, pero me lo tomo con calma —me respondió, bebiendo un poco de café.
—Claro que sí, vivir apresurados es un desgaste eterno.

—Nos debemos un café y plática por la tarde, cariño —me respondió, marchándose.

Una pequeña plática cargada de entusiasmo puede cambiarlo todo y eso es algo que he aprendido con el pasar del tiempo, de los años, de las rupturas y de mirar ojos tristes en personas que la están pasando bastante mal. Yo decido cambiar un poco cada día, pero también me tomo la tarea de cambiarle un poco el mundo, la realidad a los demás.

NO TENGO MIEDO
DE LO QUE VIVO
Y SIENTO, SÉ QUE
CON CADA LATIDO
EXISTO, PERO A VECES
TODO ES TAN EXTRAÑO
QUE NO LO ENTIENDO.

Para cuando te fallen

Te irás, tal vez no querrás escuchar explicaciones, ya no querrás esas energías en tu vida, ni que afecte lo cómodo que te sientes en tu presente.

Que no te importe lo que otros digan, o que intenten cuestionar tu cambio. Nadie tiene derecho de interferir en tus asuntos personales ni la manera que tú tienes para superar las cosas y dejarlas ir.

Entiende que nadie tiene el poder de decidir por ti, ni que te mantengan atado a algo que ya no te hace feliz. Ya no tienes por qué complacer a nadie para que puedas pertenecer, ni ser alguien que no eres para que te acepten.

Apártate de quien hoy te trata bien, pero mañana, finge demencia ante tu presencia. Aléjate de la inestabilidad de muchas personas, y sobre todo, cuídate de aquellos que dicen creer en ti.

Sucede que algunos no entienden
el significado de ser leal,
pero para quienes
sí lo entendemos, alejarnos
sin crear un caos
es la manera más inteligente
que tenemos para decir: adiós.

★ A los que pensaron que no podrían,
★ a los que se olvidaron del amor,
★ a los que permanecieron encerrados,
★ a los que les dijeron que no.
★ A los que dejaron de creer,
★ a los que perdieron la fe,
★ a los que los sacaron del camino,
★ a los que los lastimaron sin piedad,
★ a los que los traicionaron sin razón,
★ a los que les mintieron en la cara,
★ a los que los soltaron sin previo aviso,
★ a los que creyeron que no encontrarían un amigo.

{No quiero decirte adiós porque todavía siento que tengo mucho que contarte, pero nos veremos pronto, por ahí en el camino cuando hayamos:}

crecido,
cambiado,
amado sin prejuicios,
cuando hayamos aceptado que se vale volver a comenzar.

Cosas que quiero que mantengas presente a partir de ahora:

En la vida muchos van a querer verte feliz, pero otros no. Las preguntas nunca dejarán de aparecer, cada noche cuando no puedas dormir, hazte la pregunta sobre lo que estás haciendo contigo y analiza si lo estás haciendo bien.

No somos perfectos, jamás lo seremos, pero si hoy comienzas a respetar tu integridad y le haces caso a tu amor propio, comenzarás a entender muchas cosas.

Yo sé que puede ser complicado, tal vez nunca nadie te ha dicho cómo actuar en los momentos más duros y tristes, pero ante cualquier oscuridad un rayo de luz puede convertirse en tu salida. Espero este libro lo haya sido para ti.

Cosas que debes + a tu vida y otras que debes - de ella.

(esto es lo que debes **SUMAR**)

+ Gente buena.
+ Ganas de vivir.
+ Paz mental y emocional.
+ Alguna mascota, hasta tu sueño mejorará.
+ Música.
+ Más libros que nutran tu espíritu.

(esto es lo que debes **RESTAR**)

- El chisme.
- La mala influencia de otros.
- Los que dicen ser tus amigos, pero hablan mal de ti.
- El miedo de no creerte capaz.
- El encierro innecesario.
- Falsas apariencias.

Nota: Puedes agregar muchas más, estás en todo el derecho de hacerlo. :)

La verdad es
que los finales,
nos enseñan
a CONTINUAR.

Epílogo

A la mañana siguiente desperté más tranquilo, descansado y con mucho más ánimo. Miré la hora en mi celular y comencé a responder algunos mensajes, encendí mi TV para buscar algo que ver mientras pasaba el rato antes de preparar mi desayuno.

Al mirar las notificaciones en mi teléfono, me doy cuenta de que tenía un mensaje en Instagram de esa gitana con la que coincidí en el aeropuerto, me daba las gracias por la plática que tuvimos y que me esperaba con mucho gusto en Estados Unidos, que para ella también fue bastante extraño nuestro inesperado encuentro pero que entiende que hay cosas en la vida que no tienen explicación, que solo hay que vivirlas, disfrutarlas y guardarlas en el corazón.

Le respondí con nostalgia y una añoranza inquietante, todavía recuerdo verla acercarse a mí, yo me sentía solo, vulnerable y muy nervioso. De todos los lugares que pudo escoger, se sentó a mi lado y eso se ha quedado en mi memoria hasta ahora. No sé qué fue de ella, tampoco sabe que fue de mí, no sabe que escribí nuestro encuentro y tampoco lo que pienso, quizás algún día encontrará este libro y lo descubrirá, por ahora no me queda más que darle las gracias por sus palabras y lo gentil que fue.

Esa mañana transcurrió en total paz, mi madre se había marchado hace apenas un mes, pero ese día la sentí tan cerca, tanto como que si no se hubiera ido al cielo. Te cuento esto tres años después porque lo quería contar en el momento que me sintiera listo.

Todas las veces que caí, que lloré, que grité y me abracé quedaron grabadas en cada palabra escrita. Ya no me enfrento con el pasado, ni peleo con Dios por llevarse a mi madre tan rápido, ya no busco esos viejos amigos y mucho menos pretendo tener la razón en todo.

Aprecio cada segundo de mi vida y cómo me gustaría que la persona que tendrá la oportunidad de leer este libro también lo haga. Hay mucho por decir todavía, pero por ahora saldré a vivir, a que me pasen cosas para poder contártelas y que tú te sientas en casa.

Desde esa vez no volví a montarme en un avión, muero de ganas por volverlo hacer, escribir dentro de uno a miles de kilómetros de altura, escuchar mi álbum favorito o leer algún libro nuevo de mi mejor amiga Andreina Perez.

Algunas personas llegan para quedarse con nosotros y se siente para siempre, otras apenas fugaces y todo lo que ha pasado es para mí la razón de mi existir. Yo ya no peleo, ni me frustro, yo no insisto, ni batallo hasta desgastarme, sinceramente quiero transformar mi tiempo, lo que me queda aquí, en libros que se quedarán en las manos correctas de aquellas personas que lo requieran. Por ejemplo, tú.
Terminé de responder su mensaje.
—Muchas gracias por haber sido tan amable conmigo —le dije por Instagram.
—No tienes que agradecer, cariño, apenas te vi me di cuenta de tu bondad.
—Gracias otra vez, usted me proyectó mucha seguridad y fue placentero todo lo que hablamos —le respondí, mientras escuchaba la película en mi TV finalmente.
—Te deseo lo mejor en tu vida a partir de ahora —me respondió, junto con dos emoji de corazones.
Sin darme cuenta volví a quedarme dormido, la próxima

vez que desperté ya la tarde había caído, me levanté, tomé una ducha larga, luego preparé mi café y luego de un rato me fui a dar una vuelta en mi bicicleta, a disfrutar el instante, a mirar todo lo que me rodeaba, a dar gracias, a creer en las oportunidades y a ser feliz porque eso es lo que debemos hacer siempre que la vida se ponga un poco ruda, algo triste o simplemente nos suelten la mano.

Espero que, a partir de ahora, te elijas a ti y sepas quedarte con las personas correctas. La vida es muy bonita como para estar toda la vida triste o sintiéndonos muy poco, aunque las despedidas duelan mucho, hay que continuar, siempre hay que seguir.

Y AL FINAL,
QUERIDO YO,
ENCONTRAMOS
LA MANERA DE SANAR.
NOS VEMOS EN
UN PRÓXIMO VIAJE. :)

Este libro se terminó de escribir el cinco de diciembre de 2021. *«Querido yo, vamos a estar bien»* comenzó a nacer la noche que cumplí 26.

Made in United States
Orlando, FL
16 November 2023

39067436R00169